Réquiem

Vera de Sá

Réquiem

EDITORA RECORD
RIO DE JANEIRO • SÃO PAULO
2007

CIP-Brasil. Catalogação-na-fonte
Sindicato Nacional dos Editores de Livros, RJ.

S115r Sá, Vera de
Réquiem / Vera de Sá. – Rio de Janeiro: Record, 2007.

ISBN 978-85-01-07832-2

1. Romance brasileiro. I. Título.

07-1067 CDD – 869.93
CDU – 821.134.3(81)-3

Capa: Carolina Vaz

Direitos exclusivos desta edição reservados pela
EDITORA RECORD LTDA.
Rua Argentina 171 – Rio de Janeiro, RJ – 20921-380 – Tel.: 2585-2000

Impresso no Brasil

ISBN 978-85-01-07832-2

PEDIDOS PELO REEMBOLSO POSTAL
Caixa Postal 23.052
Rio de Janeiro, RJ – 20922-970

I

Dor? Nenhuma. Esperava que chegasse. Desde que Maria morreu, isto é, desde o momento em que deveria ter começado a sentir dor, ele esperava que a dor chegasse. Extraía algum sofrimento com a espera, mas a ansiedade não tomava o lugar da falta de dor. Às vezes achava que pressentia a vinda, embora o máximo que conseguisse distinguir fosse uma certa sensação de sujeira.

A falta de dor o confundia mas não conferia à morte dela nenhum traço de irrealidade. De fato, só conseguia evocar Maria como morta. Isto a dotava de uma espécie de superioridade, como se tivesse cumprido algo que ele, que almejava a própria aniquilação (um senso estético o impedia de provocá-la), tivesse se atrasado em alcançar. A esse desconforto somava-se a experiência de todo o processo que se seguiu à morte, em que se impôs a obscenidade do corpo de Maria.

Gelado, mais escuro, desfeito, com as marcas da autópsia, inerte, o corpo dela ainda tinha poder para surpreendê-lo: parecia ter como resquício de vida o prestar-se à indecência. Maria foi tirada da geladeira estreita do necrotério e manipulada de tal forma por mãos estranhas durante o reconhecimento do corpo e os preparativos para o enterro que ele não pudera evitar a expectativa de uma reação dela. O funcionário do hospital a descobrira para ele, e juntos examinaram sua nudez. Ele esperou que ela reagisse. Depois, foi o casal da funerária que a tocou sem hesitação, como se confiasse na conivência. Ele esperou a reação dela. Mas Maria tinha uma passividade repulsiva. E vergonhosa. Essa vergonha que ele próprio temia ainda provocar era a única imagem que tinha de qualquer sobrevida após a morte.

*

Uma vez tinha discutido com Maria o destino que um daria ao outro em caso de morte. Até onde se lembrava, foi o mais próximo que ela chegou de uma afirmação de amor, ao tacitamente admitir algum tipo de longevidade à relação dos dois, embora logo tenha se irritado:

— Enterrada ou cremada, que diferença faz?

— A diferença entre os vermes e o fogo.

— Então prefiro os vermes. Mais natural, não? Um ser devora o outro...

— Vermes são nojentos — ele disse.

— O cheiro de carne queimada deve ser tão nojento quanto uma gosma se alimentando — afirmou Maria.

Ele escolheu a cremação para ela. Quando os procedimentos foram informados, descobriu que a cremação dispensava os atendentes daquele último nojo, do cheiro de carne queimada. O verdadeiro serviço — a queima do cadáver — era feito no dia seguinte, sem a presença de familiares ou conhecidos. A cerimônia que se seguia ao velório era limpa e inodora. No caso dela, morta havia mais de 24 horas, legalmente o próprio velório seria dispensável. Mas ele fez questão da espera, do caixão fechado colocado num plano mais elevado, como num palco pronto para a platéia. Sonegá-la aos vermes era uma espécie de vingança. A ocasião, no entanto, era mais importante pelo confronto que finalmente teria com os amantes de Maria. Nunca tinham sido nomeados, mas supor sua existência era parte do esforço de estabelecer sentidos. Os supostos amantes, ainda que perturbadores, evitavam algo mais insuportável para ele, que era não encontrar alguma racionalidade no comportamento dela. Tinha considerado que aqueles encontros ali, frente à morta, seriam mais uma humilhação (alguns deviam ter ouvido falar dele: era provável que Maria o tivesse usado como um detalhe de excitação). Era a posse do cadáver que, imaginava, lhe garantiria a superioridade.

Sustentou a cerimônia e esperou, mas ninguém apareceu. Ele era o único presente àquele simulacro de ritual e de alguma forma sentiu-se traído por essa solidão, por aparentemente ninguém mais amar aquela mulher. Ao menos, pôde determinar o fim desta espera. Quando sua solidão passou da surpresa ao constrangimento, decidiu que fim. E tudo então foi rápido. O caixão baixou num alçapão e fim. Em silêncio, fim.

Tinham perguntado se ele queria alguma trilha sonora para acompanhar este clímax. Pensou no *Réquiem*, de Mozart. E respondeu que não, que preferia o silêncio. Não ia contaminar o *Réquiem* e passar a associá-lo a Maria. Porque sempre tinha um sentimento muito particular de serena dissolução quando ouvia o *Réquiem*. Nada que se confundisse com uma expressão de fé: era apenas a maldita estética novamente.

Mais. De alguma maneira, aquela música era a própria morte. Não a morte corrupta (como a de Maria), mas a boa morte, uma auto-anulação que não abolia a existência. O *Réquiem* era uma bênção, humana bênção, possibilidade de desprendimento. Não existia nenhum indivíduo entre os reais ouvintes do *Réquiem*: eles se dissolviam na massa sonora. Não havia compositor. Na verdade, tinha um prazer especial em fantasiar que aquela, considerada a última obra de Mozart, não era de Mozart. Experimentava um conforto ao creditar a invenção dessa música ao gênio de outro que não Mozart. O original do tido como inacabado *Réquiem* teria sido — não completado, mas inteiramente refeito — por alguém que *intencionalmente* se fizera ignorar pela história oficial. Alguém que elegera o anonimato porque sabia que não havia autoria legítima na arte, que era da natureza da obra anular a singularidade. Aquele criador teria sido também o primeiro ouvinte do *Réquiem*, que, como todos os que se seguiram, tivera a indicação de uma grandeza que o anulava por o conter. O compositor não existia. Mozart não existia. Os ouvintes não existiam. Existia algo maior que os incluía e os anulava, diluindo-os num todo.

Lembrou de um dia em que ouviu o *Réquiem* com Maria. Apenas colocara para tocar, sem preveni-la de sua importância. Porque imaginara que seria reconhecível sem esforço como o objeto de uma busca até então imprecisa. Mas ela parecia não ouvir. A música existia inútil, como um deus diante do ateu.

*

O caixão baixou em silêncio inodoro e fim. Ele foi informado de que devia retirar a urna com as cinzas dias depois. Ainda tinha de decidir o destino daquele resto. Aquilo não poderia mais ser considerado Maria. Nem queria fantasiar que ainda seria ela. Escolhera a cremação também para se livrar daquela borra, de qualquer referência. Mortos enterrados ficam apodrecendo um tempo e depois resistem, os ossos marcando lugar, como um bicho que assinala com urina seu território. Mortos cremados são mais descartáveis.

Voltou ao crematório no dia combinado. Esperava uma continuação do ritual da morte, mas este tinha acabado. Era quase um guichê. O único detalhe notável era a estudada gravidade do funcionário encarregado da entrega, preparada para encarar a dor do sobrevivente. Pegou as cinzas quase como um usurpador, porque a dor não vinha. Tinha alguma sensação sim, certa irritação de uma vez mais participar de algo que era uma exigência dela. Como se ela ainda insistisse em existir.

Saiu andando com a urna na mão. Não tinha cheiro nem lógica. Entrou no carro e quanto mais se afastava do crematório mais incômoda se tornava aquela carga. Era como se ele se prestasse a conduzir serviente uma intrusa. Parou frente ao primeiro prédio que encontrou depois do crematório, jogou o conteúdo pelo vão da grade do gramado de entrada, e ficou olhando aquele pedaço de jardim inalterado. O porteiro veio ver o que ele queria: "Nada." Respondeu que nada, de urna vazia na mão, quase desafiador. Pensou depois que fosse provável que sua verdadeira intenção fosse que o porteiro o repreendesse, ou o agredisse, ou o mandasse prender. Mas o outro não fez nada disso: contentou-se com a resposta e voltou para sua guarita. Talvez estivesse acostumado. Talvez muita gente saísse com aquele tipo de mercadoria do guichê do crematório e parasse ali para se livrar daquilo. É possível que o gramado estivesse adubado de restos. O fato é que o porteiro voltou para sua guarita e não mais se preocupou com ele, que ainda ficou um bom tempo parado do lado de fora da grade, urna vazia na mão, numa expectativa imprecisa, com aquela incômoda sensação de que tudo aquilo fosse tolerável porque era banal. Jogou a urna numa lixeira da rua. Depois voltou para casa e recomeçou a esperar a dor.

*

Esperou pela dor um dia e outro e outro. E esperava, embora nunca um hábito. De vez em quando tinha uma ereção e tentava combiná-la com a lembrança de Maria. A esterilidade do exercício o surpreendia. Quanto mais se concentrava, mais as feições dela se tornavam fugidias. Era inútil tentar resgatá-la pelas fotografias. O que as fotos revelavam era de grande fidelidade — não aos traços de Maria, mas à sua característica fluidez. Ela era inapreensível. Escapava. Os retratos, que quase misteriosamente tão pouco se pareciam com as feições reais de Maria, sabia, acabariam por se sobrepor a qualquer memória. Um vestígio enganoso de sua existência sobreviveria, uma imagem equívoca. As fotografias, ou antes, sua quantidade notável, também o denunciavam. Eram centenas de fotos: de Maria, de desconhecidos, de gente que mal identificava, de lugares, de objetos, chegando a compor um registro quase diário e metódico de sua vida. A obsessão com a fotografia vinha de sua impressão de destacamento. Ele via montanhas, vales, rios, prédios, ruas e pessoas da mesma forma que via filmes: nunca tinha a sensação da realidade naquela coexistência. Foi para tentar uma contraprova a este sentimento que começou a fotografar. Depois de algum tempo, fotografar — cujo único efeito era reproduzir a estranheza — tinha se tornado um ato mecânico. Fotografava, e ao ver as fotos continuava a ser um estranho vendo coisas estranhas.

Quando conheceu Maria, o que mais o atraiu foi uma impressão de familiaridade. Algo cuja origem nunca pudera definir, mas que de imediato fizera de Maria uma obsessão. Ela refletia algum sentido. Ainda pouco nítido, instável, exigindo esforço e dedicação para ser fixado, como uma memória fugidia. Mas já era como um reconhecimento, uma lembrança, mesmo que confusa, diante da qual podia acomodar todo o resto serenamente na estranheza.

Havia ainda uma certeza: não podia ser diferente. Tinha falta dessa sensação de necessidade. Mas agora que ela morrera, a dor que ele imaginava necessária não vinha e ele esperava, como tantas vezes esperara outras coisas dela antes. E eram muitas outras esperas, todas inúteis como experiências (às vezes duvidava que houvesse algum ganho real nessas vivências repetidas, o acúmulo que se chamava experiência, o aprendizado de uma situação que facilitasse o julgamento e a ação quando outra situação similar se apresentasse). Sabia o que era esperar cada espera, confundíveis apenas no seu anseio de fim, cada uma única, cada uma parte de um não-aprendizado inaugurado desde o início. Pouco depois que conheceu Maria, ela partiu. Saiu do país em uma viagem com o marido sem data para voltar. Ele achou que não ia suportar a ausência e que ela sabia dessa sua incapacidade, que intencionalmente o fazia flertar com o suicídio e o confrontava com uma vida insuficiente, falha, incompleta.

Odiou-a pela indiferença com que retribuía seu sofrimento: ela não entrava em contato, não ligava, não escrevia. Depois achou que a falta de comunicação era um teste a que ela o submetia. Deixava-o com dois únicos esteios: a memória e o tempo. Então montou um esquema de manutenção da memória e de decifração do tempo que teria de suportar até ela voltar. Registrava e acumulava várias unidades diferentes de tempo, que ora combinava, ora contrapunha, para descobrir o esgotamento ali oculto que indicaria quando Maria ia voltar.

Definiu a periodicidade de troca do *outdoor* da esquina. Em seguida, mediu os intervalos entre um e outro rito religioso da igreja que via de sua janela. Depois, contabilizou os minutos que separavam a parada de cada ônibus no ponto defronte à igreja. O passo seguinte foi determinar a média diária do lapso existente entre a troca de turno do porteiro e a chegada do carteiro. E os tantos segundos do elevador até alcançar o andar de seu apartamento. Analisando os dados, deduziu que o importante — e que de qualquer forma trazia o tempo embutido — eram as determinações numéricas, que regiam todo e qualquer movimento, o que ampliou sobremaneira seu campo de contagem. Calculou o número de gestos empregados em cada ato de higiene pessoal (aprimorado na seqüência pelas relações de proporção: lavar as mãos, considerando a superfície a higienizar, exigia mais que um banho completo). E o número de ações necessárias para estar pronto para sair de casa. Em pouco, nada mais de sua rotina escapava ao sistema: contava tudo. Os passos de uma sala a outra, os carros na rua, as cadeiras ocupadas e as vazias no restaurante, as pessoas que passavam na frente da vitrine. Lembrava dos rostos que fechavam as dezenas. Lembrava de contar e continuar a lembrar de Maria. E de quando os carros que atravessaram um farol de trânsito resultaram num múltiplo perfeito de 7. Lembrava que, por alguma razão (que esquecera), quando olhava o relógio e os ponteiros estavam exatamente sobrepostos, tinha a garantia de que Maria também estava pensando nele. Do dia em que a coincidência das luzes de rua terem acendido no instante em que ele riscara um fósforo lhe dera a certeza de que ela tinha voltado. Lembrava do número de flores estampadas no vestido da mulher que trouxera para casa naquela noite. Lembrava de tudo o tempo todo. Antes, como agora. E acumulava na memória cada dado, sem conseguir controlar ordem ou importância, nem extrair do conjunto qualquer unidade ou conclusão.

Tentou ainda concentrar-se não só no registro bruto das coisas, mas na qualidade de subdivisões. Os carros eram uma fonte fértil. Começou pela pura quantidade e depois passou à classificação por modelo e cor. Finalmente, dentre os modelos mais populares de cores mais raras, fixou-se nos números das placas, mais exatamente na soma dos algarismos. Desenvolveu uma teoria sobre os números que eram positivos, ou seja, os que anunciavam Maria, à maneira da coincidência dos ponteiros de relógio.

Durante aqueles primeiros meses, a quase intolerável permanência do pensamento em Maria todo o tempo não diminuía a consciência de sua própria presença. Via a si mesmo vendo as coisas e jamais conseguia abstrair estas duas referências, o mundo separado dele e a lembrança de Maria. Tentava amenizar um e outro de formas variadas, usualmente conhaque, o que, após pequeno alívio, exacerbava a angústia de ser um eterno observador de si mesmo e pensador de Maria. Quando estes primeiros meses de espera finalmente se passaram e ele soube da sua volta, foi quase uma surpresa. A dedicação a invocar a presença dela tinha, sem que ele percebesse, ganhado tons de eternidade, como se não houvesse outro estado possível e fosse sua condição permanente esperar Maria. A perplexidade provocou uma certa paralisia. Contava ainda. Contava tudo. Mais por falta de conseguir idealizar outro método que indicasse ele e Maria juntos. E contava compulsivamente já sem se deter no que, como se a persistência pudesse balancear a dimensão que a vida dela tinha na sua. Não tinha considerado esses pesos. Tinha esquecido de sua provável irrelevância. Tinha esquecido que talvez ela mal lembrasse dele. Como um chamado, incorporou a recitação do nome dela à procura da coincidência — de números, luzes ou carros, que iria indicar o reencontro deles. Mas não houve coincidência que a anunciasse. Uma tarde, ele estava sentado num café e contava as mulheres morenas que entravam em uma grande loja de departamentos quando a viu. Era a de número 21 da segunda hora.

*

Agora, Maria morta, tentava identificar os sinais da ausência dela. Mas aquela morte parecia não ter nenhum reflexo externo. Andava pela casa inventariando os objetos, procurando os indícios de uma alteração, um registro inequívoco da diferença provocada pela morte de Maria. Mas tudo permanecia inalterado. A casa inteira parecia ignorar a morte dela, salvo por uma leve impressão de excesso que se desprendia do conjunto, imperceptível em cada objeto isolado.

Aquele mundo imutável, em vez de indicar a insignificância de Maria, o levava a duvidar da própria percepção e poder. Era como se duas realidades diferentes se impusessem, sem que uma tivesse força para aniquilar a outra. E, caso uma ou outra realidade prevalecesse, independeria de qualquer coisa que ele fizesse. Esse sentimento de vulnerabilidade a outro poder descontrolado era quase uma inoculação de Maria, pois repetia o que tinha pontuado a relação deles desde o início.

A primeira vez que a viu achou que era um encontro de alguma forma determinado (por um deus ruim, talvez, pensava agora). Um encontro que se tornou notável por não ter sua importância diluída pelo tempo, que alterou apenas seu significado. Ela era parte da audiência de um espetáculo (que parecera relevante no momento, mas fora curiosamente desprezado pela memória: não lembrava se era um balé, *show* ou um concerto, tinha certeza apenas que a música estava inclusa). Ela nem sequer estava no palco. Maria não era a causa objetiva de sua presença ali. Apenas se encontravam juntos num evento que não dependia de nenhum dos dois para acontecer. Um encontro improvável, como um acaso (e sabia que o acaso não existe, não passa do rótulo imposto por uma ignorância, é a explicação dada a um efeito do qual ainda se desconhece a causa).

Pensava agora se talvez tudo não se explicasse pela sua fraqueza exacerbada pela música. Predisposto à elevação da música, ele facilmente teria sido levado a transferir para a mulher o sentimento provocado pela obra. A confusão é o melhor começo do engano: causa e efeito se embaralham. Tudo se resumiria à coincidência da presença de Maria com a emergência dessa sua ânsia por algo superlativo, o que permitia supor que, em qualquer outro lugar que estivesse no momento, caso houvesse o estímulo da música, estaria a desejar alguém e se apaixonaria da mesma forma por qualquer outra. Mas naquele dia tinha ido ver o mesmo espetáculo que Maria. Ao entrar na sala procurando seu lugar, sentiu o perfume primeiro, um involuntário roçar de braço em seguida e, ao meio se virar em reação, viu um perfil perfeito e um detalhe do vestido estampado antes que outros espectadores afoitos encobrissem sua visão. Foi o vestido que depois lhe permitiu identificá-la na platéia. Naquele momento não havia acaso a ser considerado. Mas tampouco uma relação privada. Tinha certeza, cada um ali estava fascinado por ela, que se expunha como se não tivesse consciência do efeito que provocava. Como se sua condição de desejável fosse fruto exclusivo da fantasia dos que se excitavam com sua presença. O ar desatento de Maria, quase ignorante do que a rodeava, sugeria uma inocência perversa. E, mesmo assim, ele tinha a absoluta convicção de que ela o pressentia.

No intervalo, ele a viu no saguão do teatro. Seguia cada movimento dela, com a segurança de quem não era notado. Mas se sentiu encurralado quando percebeu que ela vinha a seu encontro, ou melhor, teria de passar por ele para voltar à platéia. A pouca distância ela deixou cair algo que trazia na mesma mão que carregava a bolsa, provavelmente o programa da noite. Seria apenas adiantar-se, pegar aquilo e devolver a ela, tendo um momento de contato direto. Mas não o fez. Tinha consciência do momento, sabia do pouco que o separava de seu desejo, mas algo o impedia de agir conforme seu desejo. Viu um homem recolher o que havia caído e receber o sorriso agradecido de Maria. Viu o homem se demorar frente ao agradecimento de Maria. Viu (mas não ouviu) o outro pronunciar algumas palavras e prolongar o contato com Maria. Viu fingindo não ver, fingindo ter uma existência autônoma à cena. Então, para sua surpresa, cessou toda inquietação porque, de alguma forma, teve a segurança de que Maria fazia a mesma coisa que ele, que ela também agia como se não o visse *porque* o tinha notado. Se reconheciam pelo fingimento.

Muitos anos depois, repassou essa noite como o anúncio do horror, revisando todas as circunstâncias que deviam ter feito com que ele previsse o erro e fugisse. Maldizia a afirmação do desejo. Podia ter ido embora, padecido a sensação de seu ridículo e terminado ali o contato com aquela mulher. Ela teria se tornado uma lembrança doce, e ele sofreria só a nostalgia do futuro amoroso e terno que imaginaria como resultado de ter perseguido o encontro. Ele perseguiu o encontro (a entrada mais segura do inferno é a ilusão de estar escapando do inferno).

Quando dormiram juntos pela primeira vez, tinha tido a satisfação do determinismo, da lógica. Ainda que essa lógica terminasse forçada a resistir aos imprevistos, pois, por mais que tivesse fantasiado inúmeras possibilidades, não previra um componente que se apresentou e para o qual estava despreparado: o nojo. Eles estavam juntos, cumprindo como que uma lei necessária, mas Maria balbuciava um texto ruim de palavras ensaiadas e fingia um prazer exagerado. O que seria suficiente para suas expectativas. Mas ela também exalava um desagradável cheiro acre que se sobrepunha ao perfume, algo que escapara à múltipla encenação prévia dele. Que não foi em vão: ele agarrou-se ao eixo do roteiro tantas vezes repassado na imaginação e o fez prevalecer. Confirmá-lo seguidamente e validar Maria tornou-se indispensável. Como uma droga que é ruim na primeira prova, que exige persistência para viciar, e que se impõe porque desde o começo o viciado sabe que quer se viciar. A persistência era uma virtude dos viciados, principalmente dos alcoólatras, como ele. Persistiu, até precisar dela.

*

Tomava vinho, agora. Era uma espécie de provocação póstuma a Maria, que com freqüência insistia para que ele abandonasse as bebidas destiladas e adotasse as fermentadas. Ele sempre considerou que isso envolvia alguma tentativa de degradação porque uma vez ouviu que quem toma muito vinho começa a cheirar mal. O corpo devolveria parte do excesso pelo suor, que vinha fétido, quase uma urina. Às vezes achava que sentia o próprio cheiro ruim. Não estava seguro de que era real, porque não havia ninguém para confirmar ou desmentir a impressão. Quando se está sozinho, não há confronto que conteste a imaginação ou estabeleça um critério de verdade. Sozinho, fedia. Pensava se isso seria uma perturbação durante a visita que faria em breve: ia encontrar o marido de Maria (nunca tinham se divorciado legalmente, e mesmo agora só conseguia referenciar o outro como um irônico "marido", jamais pensara nele como "viúvo").

Mas os efeitos do vinho eram um componente marginal naquela solidão, porque tinha algo mais objetivo com que se ocupar: seu dedo infeccionara novamente. Aquela miséria mesquinha o distraía. Era outra dor, pronta, sem ansiedade, sem vergonha. Não era novidade, embora jamais tenha se dado ao trabalho de saber por que aquilo acontecia periodicamente: o dedo indicador da mão esquerda inflamava, como se expressasse alguma revolta. Contra a escassez de vida, talvez, porque inchava, aumentava de tamanho e sensibilidade, parecia exigir um espaço maior do que o razoável, do que lhe cabia por natureza. Tinha de lhe dar atenção e, aprendera, tentar o alívio com um emplastro anestésico e curativo. Aquilo levava perto de dois meses para regredir. Às vezes mais.

Mas podia medir a evolução do processo pelas mudanças de cor e pela qualidade da dor (perdia progressivamente sua intermitência mas ganhava em agudeza ao toque, até se amortecer de vez, chegando ao ponto mórbido de parecer um membro morto). O guia seguro era a cor. Do roxo inicial, que ainda tinha a beleza do tom puro e intenso, para o amarelado e cinza, que aparentemente era uma doença mais descontrolada e errática, mas que na verdade era a repugnante diluição que indicava a cura. Pensou que aquela — como qualquer outra aberração — podia representar a passagem para algo melhor. Pensou no nojo de Maria. Pensou em si mesmo (porque às vezes tinha nojo de si mesmo).

O dedo doía mais uma vez, a primeira depois da morte dela. Em certas ocasiões apertava o local afetado, e a dor aguda criava um tipo de expectativa. Não era a substituição da dor que esperava, mas uma espécie de invocação. Chegava a testar o quanto agüentava a pressão no dedo, mas nunca conseguia resistir além de poucos segundos. Então buscava alívio no emplastro. Fora esses momentos (que na verdade o envergonhavam, como se fizessem parte de um ritual fraudulento), o que de importante o emplastro introduzia era uma específica característica de tempo. Um tempo benigno, em que a feia mudança de cor era essa evidência de evolução para algo mais sadio. Que contrastava com o tempo parado da espera da dor pela morte de Maria. Como tinha sido aquele tempo das esperas por Maria, repetido sem mutação sempre que ela o deixava. Naquela doença que sugeria em seu dedo a putrefação e a adiava, podia-se marcar um movimento. Havia mudança e o movimento se dava numa direção benéfica, qualidade ressaltada quando comparada ao efeito de degradação que acusava no resto do seu corpo. O tempo o fazia desabar, e se surpreendia ao olhar no espelho e mal se reconhecer. A cada vez notava alterações que iam se acumulando e tinha a impressão que já modificavam as proporções de seu rosto, tronco e membros. Tornava-se outra coisa, que o assustava porque era uma transformação que Maria não conheceria. O dedo melhorava, a dor por Maria permanecia suspensa e ele deteriorava: um tempo só.

Esse estado ia ser alterado, esperava, pelo encontro com o marido de Maria, mas o sentido desta alteração o inquietava. Uma moça havia ligado em nome do marido e perguntado se ele tinha conservado os pertences dela, em especial um anel (em ouro branco, cravejado de brilhantes e rubis) que trazia engastada uma serpente de duas cabeças. Sim, ele conservava a jóia que Maria usava sempre. O marido queria o anel de volta (dizia ser uma jóia de família) e o convidava a visitálo. Sim, ele iria, respondeu (nem se preocupou em saber por que só agora, depois de meses, o marido ia se ocupar da morte de Maria). Gostaria de ter presenciado sua dor fresca (talvez tivesse sido exemplar, capaz de ativar sua própria dor), mas mesmo agora ainda havia algo que podia extrair da volta àquela casa.

Ele próprio chegara a pensar em provocar este encontro pouco tempo depois da cremação, ao achar no fundo do armário um paletó (que jogou fora) com o vestígio de uma mancha de lama que nunca saíra totalmente. Foi manchado na noite de uma festa em que fizera sexo com Maria ao ar livre, atrás de uma cerca viva, muito perto de outros presentes, no jardim daquela mesma casa onde ia encontrar o marido. Não sabia na época quem era aquela mulher. Estava lá por insistência de uma amiga e animado pela bebida farta. Por uma confusão com duas apresentações em seqüência, achou que a anfitriã se chamava Silvia. Não houve muita conversa (havia um lapso de memória entre a apresentação e a vontade expressa dela de uma aventura algo bizarra, aceita com certo constrangimento). A verdadeira excitação no contato furtivo com aquela mulher que mal conhecia era a proximidade do marido, o dono da casa e da festa em comemoração a nunca soube o quê. Isso foi muito antes do encontro no teatro em que se apaixonou sem reconhecê-la (e, curioso, mesmo depois de tardiamente ter conhecido o equívoco da identidade de "Silvia", nunca identificou Maria com a estranha da festa, permaneceram sempre como duas personagens distintas).

Não lembrava se naquela festa "Silvia" usava o anel. Lembrava que Maria não tirava nunca aquele anel, frio na mão furtiva toda vez que ele a tomava com exagerado carinho. A primeira vez que pôde examinar o anel detidamente foi quando recebeu os pertences dela no necrotério. Quando viu o corpo, a mão dela pareceu estranha sem ele. Tentou recolocar o anel no dedo médio da mão direita, onde ela o usava, mas o dedo já tinha inchado. Era outro rancor, porque sempre achou que aquele anel grande, desmesurado, pesado, enfeava a mão de Maria, feria a delicadeza que, de resto, a morte fez perder de vez. E diante dela morta, quando finalmente deveriam ter se tornado compatíveis, Maria e o anel não mais se adequavam. Examinou (e admirou) o trabalho de ourivesaria, colocou o anel no bolso e essa passou a ser uma forma de usá-lo. Desde então, sempre o manteve junto ao corpo. Agora tinha prometido devolvê-lo ao marido, mas não sabia mais o que estava entregando. Tentava desarmar aquele objeto, destituí-lo de significados. Procurava se convencer de que aquilo não era uma aliança, que podia com mais coerência atribuir ao duvidoso senso estético de Maria o hábito de usar o anel da família do marido. Procurava se convencer de que o fato de se livrar de algo tão próximo de Maria não o distanciaria mais da dor pela morte dela.

Já não sabia se queria devolver aquilo. A um estranho, que talvez pretendesse exigir muito mais do que estava predisposto a enfrentar. Tentava agora adivinhar que tipo de cerimônia o aguardava na sua tardia visita ao marido de Maria. Certamente estava preparado para detalhar os últimos anos dela. O que lhe ocorria de repente era que podia ser que tivesse de ouvir o que era Maria antes disso. Temia essa expansão descontrolada de Maria. Temia, na verdade, não conseguir prever o outro. O marido, talvez querendo dar a impressão da pouca importância que dava ao encontro, talvez por querer garantir a disponibilidade total, tinha marcado apenas o dia em que estaria em casa, sem definir um horário para recebê-lo. Era véspera do dia marcado e ele ainda não estava pronto. Fazia dias não deixava o apartamento, vale dizer, dias sem ver um único ser humano. Tomava vinho, apertava o anel, examinava o dedo inchado e ouvia ruídos de outras existências, de atividades na rua e no próprio prédio como se fossem música incidental, sem os relacionar à agitação de pessoas reais. Aqueles dias de absoluta solidão tinham sido a última tentativa de encontrar a dor sem esse reflexo, mas o único efeito tinha sido o se desacostumar dos outros, e teve medo de não saber se portar com conveniência frente ao marido dela. Além disso, a inatividade tinha deixado suas pernas dormentes, e decidiu sair para um trajeto a pé a fim de reduzir o desconforto (exercícios o repugnavam pelo caráter de autopreservação).

Era muito tarde quando ele saiu, à procura da readaptação. Para minimizar a ruptura do isolamento, era conveniente esta saída de madrugada. O surpreendente foi descobrir que andar por ruas quase desertas lhe dava uma sensação positiva que chegou a se confundir com potência. Cruzava com pouquíssimas pessoas e quase encontrava uma cidade ideal, a população só intuída. O único incidente que o fez parar na primeira hora de caminhada foi a disputa de dois cachorros por um saco de lixo. Um dos animais tinha uma coleira e, intimidado, ficou rondando o outro que fuçava o lixo, emitindo um som baixo, um rosnar inócuo e intermitente. Um homem que passava tentou acariciar sua cabeça, sem conseguir tocá-la. Depois jogou uma pedra no fuçador do lixo, que correu ganindo, enquanto o da coleira se retraiu e fugiu em sentido contrário. Pouco depois, o cachorro da coleira voltou e, mesmo sem a presença do outro, limitou-se a ficar rondando o lixo, como se o perigo persistisse. Ainda por um largo tempo ele ficou observando o cachorro rosnar baixo e rodear sem se aproximar nunca do lixo. Pensou que daria algum alívio ao animal se doasse um sentido àquele medo e, antes de retomar a caminhada, apedrejou o cachorro, que correu e desapareceu de vista.

O lixo ficou abandonado e ele o vigiou até que sentiu que se atrasava, sem outra coisa que perturbasse sua serenidade. Sentia uma espécie de bem-estar e estava tão seguro que resolveu atravessar o bairro onde sabia que o movimento àquela hora seria maior. Quando se arrependeu, já estava envolvido no fluxo de gente saindo e entrando de bares e restaurantes. Era uma agitação muito maior do que tinha esperado, sua ingênua segurança o tinha feito subestimar o volume de gente concentrada ali. Andava procurando se esquivar dos círculos de luz, sem levantar os olhos para quem passava, como se a vergonha de estar só fosse ser notada e a falta de Maria implicasse alguma punição. Andava rápido, agredido pela visão de qualquer casal. De certa maneira, a existência de cada um o humilhava. Até que a profusão deles se tornou insuportável e ele procurou refúgio junto a um muro de uma construção abandonada, imerso na escuridão. Sabia que ali não seria visto. Sabia porque já havia procurado refúgio ali antes, já havia feito aquele desvio procurando escapar dos outros *porque* estava com Maria. Tinha arrastado Maria para zonas de sombra mais de uma vez. Agora, sozinho, repetia o comportamento que tinha quando estava com ela. De fato, durante a maior parte dos anos juntos, ser visto com Maria se aproximava de um constrangimento. Não saberia precisar quando começou a esconder Maria do mundo. O que de início achava que nela era sedução, a imposição do amável, em algum momento passou a parecer sinistro: Maria tinha alguma deturpação original, o que seria praticamente pressentido por todos. Por isso a atenção que despertava em público. Algo nela sistematicamente atraía olhares de estranhos. Estranhos que, ao incluí-lo no quadro, ameaçavam identificá-lo com ela, como se os dois formassem um único organismo. Alguns o olhavam com uma insistência acusatória. Era como se ele houvesse tentado a transcendência pela via da degradação, tivesse se atirado à cloaca, se misturado à merda, e de repente fosse surpreendido por uma platéia apalpando às cegas na procura dos favores de um deus lúbrico.

Às vezes achava que Maria não tinha nenhum senso moral. Outras vezes, que ela resgatava uma moralidade original. Invejava os animais e qualquer outro ser (como Maria) que parecesse seguir um caminho previamente estabelecido, que, ao que tudo indicava, não precisava pensar para agir. Ele não conseguia parar de pensar, mas pouco resultava deste esforço além da exaustão. Lembrava do cansaço ao perceber que todos olhavam para ele quando estava com Maria. Tinha horror de si mesmo e mais ainda de sua reação, mas quase sempre nestas situações desviava o olhar e girava o corpo fingindo uma distância, pretendendo dar a impressão que a proximidade deles era casual. Embora fosse essencial ele estar seguro de que ela estava lá, perto a ponto de confundir os outros. Talvez por isso, quando se considerava o executor dos sonhos de aniquilá-la, sentia-se um criminoso com o impulso de multiplicar o crime até alcançar a perfeição de extinguir todos (na verdade, tinha momentos de pânico em que duvidava que não tivesse efetivamente matado alguém). Sua solidão nem sempre era um estado de maior serenidade, com freqüência representava apenas um abrigo precário a que recorria quase num ato reflexo. Repetido ainda uma vez naquela madrugada, com pouco efeito. Porque se via sozinho na região escura junto ao muro, vendo os outros sem ser visto, com o alívio e o fardo de estar sem Maria, mas já não se sentia seguro. A zona de sombra que o encobria podia ser invadida e predominou a sensação de sua absoluta fragilidade. Voltou ao fluxo das ruas iluminadas, onde cada um sugeria um enfrentamento. Adotou uma espécie de agressividade preventiva, mas foi um esforço que logo o esgotou. A quantidade de outros, que pareciam se multiplicar, praticamente o encurralou em um bar, onde a mulher que servia atrás do balcão era tão deformada pela idade e gordura que o tranqüilizou: não iria julgá-lo. Ela era tão evidentemente vulnerável que só podia praticar autodefesa, jamais um ataque. Com delicadeza exagerada ela colocou à sua frente uma garrafa de cerveja e um copo vazio. Havia vestígios de batom na borda do copo, que ele encheu de cerveja e beijou. Olhando para a velha e gorda mulher que o servira, encostou sua boca na marca de boca do copo e bebeu.

Ele reconhecia aquela mulher, com o usual horror com que identificava outros que eram como ele e tentavam criar algum tipo de amabilidade. Às vezes, era capaz de odiá-los com uma violência perturbadora, que quase se confundia com prazer. Os enfeites, gestos e rosto pintado da mulher traduziam sua pretensão: tentava ser amável. Trazia um anel no dedo mínimo da mão esquerda, uma pulseira na direita, e vários colares. O anel, a pulseira e os colares, à maneira de animais que assimilam certas características do dono, pareciam se deformar como o corpo que os usava. A maquiagem acentuava o que havia de pior naquele rosto. A exemplo dele, podia ser classificada como um tipo especial de gente, capaz de corromper qualquer coisa. Pensou se não seria mais sadio matar aquela mulher.

Encheu o copo novamente. Em volta só via gente lamentável como ele, seres que deveriam se envergonhar da própria existência, mas insistiam em afirmá-la. De uma maneira discreta, porém, intuindo que não deveriam se expor em lugares francamente abertos, que seu lugar era naquela semi-obscuridade. Havia um bêbado a pouca distância no balcão que travava um mudo embate com algum episódio de sua miséria e fazia muitos movimentos com o corpo, sem falar, mas com gestos que chegavam a ser amplos, enfáticos, para em seguida ficarem pequenos novamente.

— Cala a boca — ele disse ao bêbado.

O outro parou de gesticular, olhou como para se certificar de que a ordem era de fato endereçada a ele. Aparentava confusão porque não sabia se realmente estivera falando alto, e franca hostilidade porque a provocação, mesmo que não tivesse sido dirigida a ele, de qualquer forma existia. O curioso é que a quantidade de sons produzidos no local era atordoante. Todos pareciam falar muito e alto, o que tornava praticamente impossível captar o sentido de cada coisa que estava sendo dita. Isso não tinha a menor importância: ele sabia que o falar ali tinha outra função, prescindia de um ouvinte. O importante era emitir um som que simulasse a fala e cada um ouvir a própria voz como se estivesse dizendo alguma coisa. Ter alguém prestando atenção nesses discursos (e o bêbado não sabia se o seu fora audível) era uma intromissão afrontosa. Pensou em continuar a provocar o bêbado. Uma vez tinha conseguido ser esmurrado e chutado no chão por um sujeito que era quase esse (ficavam indistinguíveis), e sentiu-se pouco tentado a repetir a experiência que, primária, ia arruinar ainda mais sua apresentação frente ao marido de Maria.

A mulher encheu seu copo novamente. As mãos se movimentaram à sua frente sem que ele levantasse o olhar. Esqueceu o bêbado e voltou a pensar na conveniência de matar aquela mulher. Matar, na verdade, o reconfortaria por confirmar a própria realidade da morte, diminuiria seu medo maior de não morrer. O medo que Maria, com o poder que já tinha exercido, o condenasse a sobreviver. Que lhe deixasse a vida depois de eliminado qualquer vestígio de humanidade, condenado a viver indefinidamente. Era uma curiosa cumplicidade dela com o destino dele. O destino dele era sobreviver. Tinha uma saúde excelente. Parecia que a natureza o queria vivo. Talvez sua saúde servisse de exemplo da perversidade natural. A natureza divertia-se em estender uma vida dispensável como a dele. E Maria seria mais um agente desse paciente trabalho.

Eliminar essa ameaça ocupava outra grande parte de seus momentos de fantasia que, de qualquer maneira, eram mais confiáveis que suas reflexões. Pensava erraticamente sobre tudo e se estarrecia com a pouca ou nenhuma mudança que seus elaborados raciocínios e conclusões provocavam em seu comportamento. Qualquer entusiasmo intelectual tinha como contraponto o desânimo de constatar sua inutilidade prática. Talvez pudesse convencer outros a se orientarem por preceitos que havia sistematizado. Não havia por que duvidar da correção de seu pensamento (o mundo é que escapava a essa racionalidade, não os outros). Era curioso que as idéias tivessem um papel tão grande na ocupação do espírito e tão pequeno na sua transformação. Ele sabia que não evoluía, detinha-se em entretenimentos, ciente de que todo ponto que alcançasse seria precário. A pretensão de conhecimento exigia uma hipocrisia de que ele não dispunha. Acreditava que a verdade não existia, mas sua busca era a esperança de mutação que iludia ou corrompia o buscador. Era nesses lapsos que ele pensava que isto fazia a grandeza dos poetas: a obra de cada real poeta expressava a sinceridade de uma afetação do espírito que se sabia absolutamente inútil como raciocínio ou valor, e que recusava a ilusão ou a corrupção. Quase que se resumia a um fiapo de secreta solidariedade, do reconhecimento de estados comuns de *anima*. Da dor, diria (levianamente). Mas ele não era um poeta. Fingia ser um poeta.

A mulher atrás do balcão o serviu ainda uma vez. Talvez o silêncio dele a encorajasse a continuar afirmando a sordidez. Estava perigosamente próximo de permitir um contato dela. O expediente mais imediato foi se fixar numa televisão que ficava ligada o tempo todo, quase sem som, pendurada acima e atrás da mulher. As imagens sem som eram muito mais adequadas para os bêbados, porque cada um podia usá-las para montar seus enredos, e era excelente também para que não tivessem de ficar sozinhos olhando os outros sozinhos. O que estava no ar era provavelmente um noticiário, com imagens do que ele supôs serem refugiados. Pensou em como a desgraça acabava por deixar todos parecidos, os refugiados, como se a sorte lhes desse uma só cara. Então lembrou da vez em que uma cara dessas fizera Maria chorar. Lembrou de Maria soluçando frente à imagem que ilustrava o documentário de uma guerra distante, uma criança deformada pela fome e doença. Não, ela não sobreviveria, era uma condenada, miserável e longínqua. Pouco tardou a perceber que era exatamente isso que provocava a comoção de Maria: aquela criança preenchia os requisitos de seu amor abstrato, o único de que era capaz. Caso fosse possível a proximidade, aquele corpo doente certamente lhe despertaria o horror e a aversão. Não haveria chance alguma para a criança nem haveria outra hipótese que a morte se dependesse de Maria. Maria só era sensível ao sofrimento na fantasia (era um processo similar o que também explicava que acalentasse a idéia de um filho, só tolerável no imaginário: as crianças reais, na verdade, a fascinavam pelo que chamava de "sordidez latente". Segundo ela, a dita inocência era apenas um intelecto não completamente formado, era carência, não virtude a ser readquirida. Crianças eram apenas maldades que ainda não tinham se desenvolvido completamente. Evitá-las era um mérito. Concebê-las na imaginação como seres puros era um exercício necessário, fantasia em que ela também incluía desvalidos, fracos, oprimidos, perseguidos). Pensou que se estivesse ali, agora, naquele bar, Maria não choraria com aqueles similares que voltavam à TV com uma regularidade anestesiante. Ia preferir examinar o que ainda restava de particularidade na fisionomia de cada um dos freqüentadores do bar, que tinham um ritmo mais lento de assimilação daquele destino miserável, ali ingerido sem pressa.

A criatura atrás do balcão afinal ameaçou se dirigir a ele, e então a lembrança de uma repugnância semelhante mas muito mais significativa o levou a largar o copo vazio, já com sua sujeira indefinida, pagar e sair. Era pouco relevante se abandonava viva a grotesca figura frenta a um copo sujo, considerando a importância do que esperava reencontrar num lugar perto dali e onde estivera uma vez com Maria. Anos antes, os dois tinham jantado num dos restaurantes do bairro e passeavam com rara serenidade rumo a um café. Cruzavam uma rua estreita livre de comércio quando uma mulher aos gritos atravessou o caminho, saída de uma casa cuja entrada era abaixo do nível da calçada. Era como a lamentação do inferno surgindo para afrontá-lo. Pelo que entendeu de seus gritos, o motivo de sua perturbação era um abandono, uma ausência recém-descoberta lá embaixo, atrás da porta negra de onde saíra. Aquilo não era um pedido de socorro, era um tipo de imposição. Para ele, foi insuportável. Não a causa da reação da mulher, mas a tentativa de incluí-lo na cena. Não podia nem queria participar daquilo. Tinha repulsa por aquela exposição pretensiosa da mulher, que julgava que sua revolta e aquela perda os ligava de alguma maneira, que ele tinha algo em comum com aquela infelicidade ruidosa.

A mulher tentou cooptá-lo agarrando seu braço. Ele livrou-se com um safanão e, para restaurar a distância que devia ser mantida, empurrou-a com uma força descontrolada. A mulher deu alguns passos desequilibrados para trás, caiu no chão e, por um momento, a surpresa a fez parar de gritar. Houve um tempo de absoluta imobilidade dos três. Ele encarava a mulher e foi esquisito ouvir o grito, porque deveria ser dela mas não vinha dela, ainda muda. Era Maria que gritava, talvez mesmo o tenha esmurrado levemente, e certamente houve um soluço alto antes de grito e choro começarem a se distanciar. Da esquina ela o olhou como a um estranho. Deixou-o como a um estranho, fugiu dele como de um estranho assustador. Um homem surgiu, ele não viu exatamente saído de onde, e se aproximou da mulher caída, que recobrou o escândalo assim que foi amparada. Na hora ele deu uma atenção marginal aos dois porque já seguia adiante pela rua, mas sem encontrar mais vestígio de Maria.

Aquilo acontecera havia muito tempo, mas a memória era nítida, porque tinha lhe dado uma inédita sensação de poder sobre as emoções de Maria. Mas não era isso o que o atraía de volta ali. Agora, ao retornar àquele lugar, tentou localizar com precisão de qual porta a mulher saíra, num impulso de procurá-la. Tinha guardado a lembrança daquele momento de pausa, logo após ter sido agredida por ele, em que o estupor suspendera todo o resto. Depois, o homem aparecera e ela conseguira retomar a dor. Gostaria de tentar repetir o experimento, desta vez invertendo os papéis, quer dizer, expondo-se a algo que possibilitasse a retomada da dor, instruído pela sabedoria daquela mulher. Mas as casas de todo o quarteirão eram incrivelmente iguais e, àquela hora, o silêncio não inspirava tranqüilidade, mas a ameaça de algo diferente emergir de surpresa. Teve medo. Não sabia o que devia estar preparado para enfrentar.

Afastou-se com pressa, andando pelo meio de ruas desertas que eram uma perpetuação da ameaça. Nas margens, a escuridão parecia densamente habitada, como se ele fosse visto e seguido por todos que ele próprio não podia ver. E sentia-se grato aos que, caso o estivessem espreitando, permaneciam sem aparecer. E também quase desejava que eles afinal se mostrassem e dessem uma forma definida a seu medo. Então chegou a uma praça dominada por uma igreja e percebeu que estava repetindo a rota de fuga adotada por Maria quando o deixou frente à mulher caída. Nas sombras assimétricas pôde reconhecer outras pessoas, gente que talvez estivesse sempre ali, que talvez tivesse sido vista por Maria, e de repente a imprecisão própria de Maria se estendeu a tudo que via e a todos que pressentia. Era uma instabilidade, não podia confiar no que percebia, não conseguia identificar formas fixas, e a sensação insuportável avançou até o descontrole e a tentativa de escape. As árvores da praça formavam uma sinistra barreira ondulante que parecia avançar, e, acuado, entrou na igreja. Foi para trás de uma coluna lateral e ficou imóvel, quase esperando que tudo de fora invadisse o ambiente fechado e o engolfasse. Mas nada perturbou aquele interior praticamente vazio, onde as coisas mantinham a fixidez intacta e lhe devolviam a confiança. Percebia a fumaça de velas subindo reta até espiralar e a imobilidade de duas outras pessoas que lá estavam. Uma delas dormia sentada num banco, a outra estava ajoelhada de olhos fechados e mãos unidas, e ele não soube precisar se dormia também, mantendo o recato da pose piedosa. Pensou que Maria jamais teria assumido aquela pose. Ela tinha tido uma estranha devoção religiosa, de um formalismo todo pessoal. A menção mais explícita da relação de Maria com Deus ele ouviu numa noite em que foi encontrá-la em um bar e quase recuou quando percebeu que ela estava acompanhada por uma amiga. Odiava encontrar alguém com Maria. Mas ela o viu e acenou antes de qualquer reação de fuga possível. Mal sentou, foi envolvido com certa brutalidade por Maria na discussão que as entretinha, uma mistura confusa de religião e ideologia.

— Esta é Carla, a que acha que você e eu não temos salvação. Já nos condenou ao inferno.

— Isso é uma apresentação? — reagiu Carla, e voltou-se para ele como se o esclarecimento fosse um cumprimento. — O que acredito é que não há salvação de ninguém se o todo se perder.

— Que todo? Que realidade há na soma de cada indivíduo além de uma coleção de indivíduos? — perguntou Maria, ostensivamente prescindindo da presença dele.

— O indivíduo é a invenção mais perversa da história. — afirmou Carla. — Mentirosa também, porque a verdade é que cada ação individual só tem sentido pelo reflexo no todo. É o todo ou nada.

— Creio que a Igreja discorda de você — disse Maria.

— O cristianismo antecipa o desastre moderno — respondeu Carla.

— Sempre desconfiei que você era obscurantista e anticlerical — disse Maria, rindo. — Mas muito eficiente: acerta com a mesma pedrada a história e Deus.

— Sem brincadeira: o que estou dizendo é que é um absurdo um mísero fragmento acreditar que é absoluto. Estou dizendo que cada um só existe porque faz parte de algo maior — afirmou Carla com um tom que o irritou pela ingênua sinceridade.

— Se Deus não conversa com você, procure quem conversa com Ele.

— Você, por exemplo, Maria?

— Qual é o seu recado? Que estamos perdidos porque não fazemos mais parte de nada? Nunca fizemos, apesar de sua piedosa ficção. O que não é exatamente um consolo frente à sua teoria da danação — disse Maria.

— E você — perguntou Carla a ele —, também acha que se livra sozinho?

— Não há salvação nem do todo nem da parte. Não há salvação alguma. Em partes ou em bloco vamos nos danar todos.

Ele falava com raiva. Sabia que tudo aquilo era uma provocação de Maria e se sentia mais sociável ao parecer agredir as duas, sem demonstrar que tinha elegido um alvo específico. Maria sempre ridicularizava o que a atingia e era o que estava fazendo ali. Então ele começou a falar sem parar, aproveitando a aparente atenção de Carla, uma quase cumplicidade que por vezes lhe dava a impressão de conseguir excluir Maria. O que possibilitava agredir Maria com mais eficiência. Ele estava ganhando. Aquela discussão debochada que ela promovia, ele sabia, tinha como fundo o exame de sua aposta em Deus. Maria não louvava Deus, ela O provocava, porque não queria Dele o amor, queria o poder. Desconfiava mesmo que certas pessoas, ele em especial, eram usadas como cobaias de Maria, desconfiava que uma das formas dela testar o quanto lhe era dado de divina graça era o poder de levá-lo ao limite da degradação. E ao menos nisso Maria tivera disciplina: degradá-lo em nome de Deus. Pensava às vezes se era a real descrença na existência de Deus ou era a pretensão de obter Seus favores o que dava a ela a segurança de não correr o risco de algum castigo purificador. Então ele se via como uma curiosa espécie de fiel, rezando para que, caso existisse, a divindade que ela invocava para se expressar na imolação dele dispensasse a justiça. E que Maria fosse poupada e continuasse ali, com ele.

Naquele dia, por conta talvez da incerta decisão do Deus, bebiam os três. Ele, Maria e Carla chegaram a mudar de bar para escapar da atenção excessiva que despertavam. Talvez fosse o descontrole com a bebida, a altura das vozes ou o que falavam que os destacasse, mas era como se aqueles espaços não suportassem o grupo. Então Maria propôs, supostamente reproduzindo uma sugestão de Carla, que os três passassem a noite juntos. Ele não decidia nada, apenas seguia. E foram parar na casa de um amigo das duas que estava viajando, lugar conveniente provavelmente pelo medo de Maria de que o endereço de algum deles três se tornasse um foco de contaminação, um ponto de referência que reforçasse a memória. A impessoalidade era mais que conveniente. Ele estava tão bêbado que tinha apenas uma lembrança descontínua daquela noite. Mas tinha certeza de que amara a outra por amor a Maria. Porque entendeu que Maria queria partilhar algo com ele. E ele amou Carla porque amava Maria, tomou aquela mulher sem deixar de olhar e tocar Maria. Naquela hora, ele foi quase Deus, aquele que partilhava com ela sua potência.

Lembrava tudo aquilo e olhava aquela beata ajoelhada como se ela fosse confirmar ou negar a força divina que Maria testava. Examinou detidamente toda a igreja, mas não encontrou indício dessa potência. O cheiro de incenso e vela deixava o ar doentio, e a morbidez das imagens distribuídas pelo altar e pelas paredes evocava uma inusitada sensualidade, como se fosse oferecida a serena sedução de eunucos.

Já começava a amanhecer quando saiu da igreja. A mesma população que o assustara podia ser percebida nas sombras da praça, mas ele passou por ela com a segurança de quem descrê. Andou em direção ao pequeno friso de luz à sua frente. Andou muito, cada vez mais pressionado pelo aumento de movimentação que notava nas ruas, no número de carros e gente que encontrava, enquanto a luz se ampliava e deixava de ser referência. De qualquer forma, já tinha se localizado e definido um rumo seguro. Estava no bairro onde morava o marido de Maria e o que o surpreendeu foi chegar à casa dele sem desvios, como se já tivesse feito aquele trajeto muitas vezes. Ainda era uma manhã incipiente quando parou e checou o endereço: estava correto. Não se via ninguém na rua, mas ele tinha a mesma impressão anterior de que estava sendo observado. Sem se importar se sua atitude pareceria suspeita, ficou imóvel ao lado de uma árvore na calçada do outro lado da rua. As pernas doíam um pouco. Saíra de casa para tentar se preparar para esse encontro, não pretendia ter chegado ali. Pretendia dar uma caminhada, voltar para casa, tomar um banho, fazer a barba, vestir uma roupa limpa, comer, repassar o que diria ao marido dela, tomar um táxi e descer ali com o máximo de proteção a qualquer agressão. Porque do marido dela, se esperava a dor exemplar, sabia que ela poderia incluir a reação violenta, capaz de compensar a perda e o confronto com tal tipo humilhante de informante (a história é pródiga em relatos de maus-tratos a mensageiros de más notícias). Mas era curioso ter chegado ali sem planejamento, como se cumprisse um destino. Teve a tentação de seguir até o fim esta indicação e, quem sabe, usar a surpresa a seu favor (não estaria sendo esperado tão cedo). Por um resquício de compostura decidiu esperar o dia avançar mais, até ouvir os sinais de movimentação na casa, e então tocar a campainha. Uma hora depois, ouviu vozes se seguindo a ruídos tímidos, que se expandiam em locais diversos, como se não mais temessem o inconveniente de perturbar alguém e se propagassem com despudor. Atravessou a rua.

Muro alto, portão sem frestas. Agora, ao tocar a campainha, pensou que sua verdadeira expectativa era encontrar algo de Maria que escapara na primeira vez, ou talvez resgatar a desimportância de uma mulher que significara apenas o inconveniente de um paletó sujo de lama. Esperou diante do portão um longo tempo sem ser atendido. Não ouvia mais nenhum barulho na casa, como se toda atividade tivesse sido interrompida, algo compatível com uma eventual tentativa de despistá-lo. Pensou que já era tempo de tocar uma segunda vez e tocou com mais insistência, insolente. Um empregado abriu o portão, um homem vestindo um macacão, talvez o jardineiro (pensou que era possível ser esta a segunda vez que incomodava aquele homem que, imaginou, teria tido de reparar as marcas dele e Maria no canteiro amassado do jardim no dia seguinte à festa). Informou o caráter de sua visita, o outro pediu que esperasse e fechou novamente o portão. Já não havia como escapar, e tentava combater o arrependimento que o tornava mais frágil enquanto esperava. Uma moça apareceu e o conduziu a um escritório com entrada lateral independente e uma janela grande com vista para o jardim (todas as janelas daquela casa certamente abriam para o jardim), onde pediu que esperasse. Era uma sala formal, de uma elegância impessoal, sem conter nenhum elemento capaz de fornecer indícios do anfitrião, nenhum quadro, foto, livro, e ele a reconheceu (curiosamente, era muito mais precisa a memória da arquitetura da casa que das pessoas da festa; ele não era um especial observador desse tipo de detalhe, mas chamou sua atenção o grande número de espaços com funções independentes definidas com rigor: havia uma ordem ali que dificilmente seria surpreendida, tudo tinha seu lugar adequado para acontecer. A festa tivera o caráter de subversão, deixando o trânsito livre por todos os espaços, liberdade sem dúvida extinta em seguida). Era previsivelmente adequado, assim, que ele fosse conduzido àquela sala praticamente isolada do resto da casa, própria para receber estranhos, na qual a grande janela aberta o deixava ver o jardim que, à luz do sol e vazio, era como um cenário onde ele nunca houvesse estado antes. Esperou de pé, numa prontidão quase agressiva. A moça reapareceu com uma xícara de café, pediu que ele esperasse mais um pouco. Foi quando pegou a xícara que reparou em suas mãos: suas unhas estavam enormes. Devia estar uma péssima figura, ridículo, quase asqueroso. Sozinho mais uma vez, sentiu vergonha e raiva de si mesmo. Era surpreendente a desatenção que tinha com o seu corpo para ter chegado àquele estado de desleixo. Não que se importasse com a opinião alheia, mas esta aparência de falta de compostura diante do marido dela certamente ia afetar o poder de suas palavras. Numa situação como aquela, parecer composto reforçaria o discurso. Então teve um grande cansaço. Estava com fome e lamentava ter se desviado de seu plano original, arrependido de ter seguido o impulso de se apresentar àquela hora, daquele jeito. Depois pensou que estaria interferindo na imagem de Maria, que o marido certamente seria levado a identificá-la com a negligência que ele apresentava. Isto lhe deu certo ânimo. A moça voltou e disse que ele seria recebido na biblioteca. Ela não se desculpou pela demora e, apesar da gentileza formal, deixou claro que estava sendo concedido quase um favor naquela recepção em hora tão inusitada. Ele seguiu a moça em direção à entrada principal da casa, agora com algum desprezo por ela, que parecia assumir como parte de sua tarefa a transmissão de um sentimento do patrão.

Ela o deixou novamente sozinho na biblioteca. Por irrefreável vício, ele foi examinar os títulos e ficou perplexo com a completa desorganização, a falta de critério na disposição das obras, que pareciam agrupadas aleatoriamente: gêneros e autores de épocas diversas se sucediam nas estantes sem que ele pudesse detectar uma ordem. O estado de muitos volumes atestava um leitor freqüente, mas a variedade daqueles livros, milhares, alguns preciosos pela raridade, outros de edição barata, tornava difícil precisar o interesse que orientava aquele acúmulo. O inusitado é que, se a anarquia na disposição das obras sugeria um código exclusivo que só permitia acesso irrestrito a um único usuário da biblioteca, não alterava a falta de marca individual do conteúdo, porque o que estava ali era tão desfocado pela sua abrangência que chegava a ser impessoal. Desistiu de tentar extrair qualquer informação sobre o dono daquela coleção esmiuçando seu acervo. Desconfiava que a verdadeira biblioteca daquele anfitrião não ia ficar exposta assim à curiosidade de qualquer um, devia estar bem resguardada em outro lugar. Ele próprio, sem recursos para esse tipo de despiste, ficava sempre muito nervoso quando alguém examinava sua biblioteca, como se fosse uma devassa. E pensou que isso já não importava, porque havia muito tinha prostituído seus livros. Houve um tempo em que seu contato com eles se corrompeu, quando tentou usá-los em mais um exercício de sobrevida sem Maria nas ocasiões em que ela o deixava. Muitas vezes sozinho, vezes em que ela ia embora, percorreu as estantes que formavam sua biblioteca, que sempre independera dela, até constatar que mesmo isso Maria tinha conseguido: fazer de seus livros apenas um artifício que o aliviasse de sua ausência. Lia e relia, como uma confirmação resignada do que já sabia, e na época pensou que todo seu esforço resultara nisto: um sofisticado sofrimento. Pensou que talvez o conhecimento fosse este refinamento do sofrer. As estantes já tinham invadido sala e quarto, como uma doença progressiva. Imaginou mesmo se não seria possível dar sua biblioteca por completa. Considerar que aquelas estantes abrigavam um conjunto suficiente, que toda a arte produzida nas histórias ali contidas já bastava. Que, no máximo, podia ser tentada uma atualização formal (tarefa mais apropriada a cenógrafos e figurinistas). Pensou que o sublime e o horror têm uma variação determinada, e o homem tem um repertório limitado de sentimentos. É provável que já se tivesse atingido o limite da sensibilidade humana — enfim, do real possível. A história até ali, quem sabe, já bastasse para registrar ação e reação da sensibilidade a todas as variantes possíveis. A arte, assim como a história, já seria uma redundância. Agora, isso também parecia sem importância. Desde a morte de Maria desenvolvera quase que uma desconfiança em relação aos livros, como se deliberadamente houvesse sido ocultado dele algo que deveria estar lá, algo que lhe foi sonegado saber, que deveria ter aprendido. A ignorância também era uma das causas que o fazia estar ali.

Então o marido de Maria entrou e o surpreendeu. Primeiro, com a fisionomia, que contrariava sua lembrança: quando, com Maria, aquele personagem do marido se tornou relevante e ele tentou localizar na memória o anfitrião daquela festa tanto tempo depois, elegeu uma pouco nítida imagem de um moreno meio grisalho e esguio. Às vezes a trocava pela de um homem baixo, forte, muito claro, quase ruivo, que lhe serviu mais bebida ao encontrá-lo de copo vazio num canto, já com o paletó manchado. Retinha as figuras, embora qualquer dos dois pudesse muito bem ser outro personagem secundário da festa. Jamais pedira a Maria uma descrição do marido, em parte porque não lhe interessava dar contorno a alguém que evidenciava uma vida da qual não participara, mas principalmente para evitar a recusa dela (Maria considerava toda evocação do passado uma prática degradante). O homem que apareceu era um doente, carregando atrás de si uma estrutura com rodinhas que ligava os tubos encaixados em seu corpo encovado a bolsas e frascos de plástico. O estado físico já era tão parecido com material deteriorado que ficava impossível identificá-lo com qualquer lembrança (provavelmente mesmo Maria o teria considerado irreconhecível). O marido o tratou com cortesia monossilábica e perguntou pelo anel. Ele o procurou no bolso, ainda sem saber se ia devolvê-lo. Então sentiu o metal quente pelo calor de seu próprio corpo e aquilo pareceu dotar a jóia de um novo significado, algo quase afrontoso ao outro, como se tivesse sido impregnado por sua intimidade. Devolveu o anel sem hesitar, como uma agressão. Tentou decifrar o efeito na expressão macilenta do outro, mas não podia ver claramente seu rosto, obscurecido na contraluz. O que se ergueu foi a voz, perguntando como foi o final da vida de Maria, relato que ouviu sem reações aparentes (um discurso preparado com cuidado especialmente para aquele encontro com o marido dela e que, acreditava, proferiu com competência). Depois, num movimento lento, o doente virou-se para a janela e ficou um longo tempo olhando o amplo jardim, dando a impressão que isto diluía um pouco seu transtorno. Tentou adivinhar o que teria sido mais perturbador para o marido. A decepção de saber que ela morreu num táxi? Era tão incrivelmente vulgar (e distante do destino grandioso que talvez o marido pudesse supor para ela) que devia provocar revolta.

— Isto é tudo? — perguntou o marido sem se voltar.

Não tinha nada preparado para uma pergunta daquelas, que pareceu uma armadilha. Por que o marido queria que ele julgasse se aquela era a história suficiente de Maria? Ele não estava disposto a improvisar, a entregar aspectos de sua relação com ela. Pensou se o marido o estaria submetendo a um teste, tentando vincular a resposta a uma imagem dela definitiva, jogando sobre ele a responsabilidade de sua memória. Seria o momento em que ele poderia contar que ela estava na base de uma grande obra. Mas não o fez. Pretendia conduzir o diálogo de maneira a não perder o controle, quer dizer, reservaria para si o domínio da história e deixaria as digressões para o outro. Talvez tenha resmungado uma evasiva, não estava certo. O marido o encarou novamente e permaneceu em silêncio um bom tempo, girando o anel firme entre as mãos, esfregando-o como para limpá-lo ou dotá-lo de seu próprio calor. Então reparou que as mãos do marido de Maria pareciam ter escapado da corrupção que atacara o resto do corpo. Eram mãos vigorosas, grandes, transmitindo a impressão de que sempre sabiam o que fazer, de que tinham uma habilidade capaz de moldar qualquer coisa no mundo, domar o que quer que caísse sob seu jugo, de que tinham uma sabedoria natural. Finalmente o marido colocou o anel no dedo mínimo da mão esquerda, e foi como se o tivesse devolvido ao seu lugar de origem (o que explicava a inadequação com a mão de Maria: tinha sido feito para o marido). Quando as mãos se aquietaram quase crispadas, ele percebeu que o marido aparentava um grande sofrimento físico. Uma enfermeira apareceu sem que ele notasse que tivesse sido chamada e o amparou.

— Gostaria que me desculpasse por alguns minutos. Se importa de esperar? — perguntou o marido.

— Não, claro que não — ele disse, sem saber se aquilo fazia parte da rotina do doente ou se era uma crise que sua visita provocara.

Ficou sozinho e algo humilhado: sentiu que o outro o enfraquecia com essas seguidas esperas. Pouco depois a mesma moça apareceu se desculpando pelo mal-estar do marido de Maria, que precisaria de um pouco mais de tempo para se recuperar. Gostaria, no entanto, de continuar a conversa e transmitia o convite para que ele ficasse para o almoço. Um quarto estaria disponível para que esperasse com conforto até lá. Ele teve o impulso de alegar que tinha um compromisso e que preferia voltar depois. Só conseguia pensar em conseguir alguma bebida, mas sabia que se saísse não voltaria mais, e o saldo de sua visita seria praticamente nulo. Quase que numa auto-agressão, aceitou a oferta. A fome aumentara, mas o cansaço era o pior. Temia não ter mais controle e entrar num estado de torpor que tornaria aquele encontro com o marido dela inútil. Seguiu a moça até o andar de cima e ficou sozinho num quarto que aparentava ter sido preparado às pressas, que provavelmente não era usado havia muito tempo. Hóspedes deviam ser raros por ali. A moça se movia à sua frente mostrando onde era a trava da janela e descobrindo uma bandeja onde tinham trazido uma garrafa de água e um copo. Ele tentava avaliar o quanto ela sabia dele, de Maria, da história toda. Não se arriscava a conversar com alguém sem saber a quantidade de informação que tinha sobre ele, e seria estúpido explorar a disposição da moça a uma cumplicidade. Ficou aliviado quando ela o deixou sozinho.

Tirou a roupa, suja e amarfanhada, e deitou na cama. Costumava dormir nu, mas desta vez conservou a cueca, precaução devida à desconfiança de que pudesse ser surpreendido sem aviso. Pensou que Maria debocharia disso tudo. Diria que era mais uma maneira ridícula de expressar a pretensão de importância. Maria sempre tivera uma outra e estranha forma de marcar a própria banalidade: o despudor da exibição. "Você se julga especialíssimo, achando que todo mundo está tão interessado em você que se dá ao trabalho de te vigiar." Muitas vezes Maria falara isso nua, abrindo a janela, rindo. "Todo mundo já sabe." Ele não sabia o que esconder, apenas sabia que devia esconder, como os livros que o expunham. "Todo mundo sabe e ninguém se importa", completava ela. Maria era cruel. Ou todo mundo era, sendo ela apenas uma intérprete virtuosa da irrelevância dele. Várias vezes, com uma determinação didática, ela exigiu que eles pudessem ser vistos juntos, como se o sexo acessível a *voyeurs* tivesse um efeito terapêutico sobre ele, o de conformá-lo à sua desimportância. Suportava esse tipo de coisa também porque tinha a intuição de que o papel de Maria era incrivelmente maior que o dele. Maria não produzia nada concretamente. Não tinha obras. Mas (e este foi um pensamento tardio, que só passou da confusa sensação para a clareza após a morte dela) a vida de Maria podia ser lida como uma *performance* artística. Havia a intenção calculada de atingir a platéia em cada gesto seu, de inocular uma influência. Mas ela não lidava com o simbólico, era antes uma agressão quase virótica disseminada pelos espectadores, só detectável como sintoma. Qualquer contato com Maria, pensava, tinha um poder transformador, modificava o organismo atingido. Esta influência era seu legado, uma forma de permanência.

Pensava se o marido de Maria esperava que ele expressasse suas impressões deste tipo sobre ela. Ou se apenas se divertia com ele como com uma atração acessível a um inválido. Não sabia interpretar aquela hospitalidade. Não conseguia pensar direito. O outro talvez esperasse alguma coisa dele. Ele não podia precisar o jogo em que tinha entrado. Pensou mesmo que talvez o outro estivesse tentando saber dele algo de Maria para completar um sentido que ela deixara apenas esboçado. Pensou que ela tinha morado ali, mas não conseguia imaginá-la naquele quarto, naqueles espaços. Ela seria uma estranha na casa, tanto quanto ele. Ou não. Pensou que talvez a aparente precariedade em que vivia a Maria que ele conhecera fosse uma forma de fantasia, e ele, um personagem daquela ficção, personagem que não tinha enredo próprio. Tentou refazer a trama que tinham vivido juntos para avaliar sua função e foi com surpresa que ouviu baterem à porta anunciando o almoço. Tinha adormecido — ou estado naquela semivigília — por mais de três horas. Respondeu com sobressalto. Vestiu as roupas, que lhe pareceram mais lamentáveis ainda. Ao abotoar a camisa, sentiu a inesperada dor e viu que seu dedo inflamado parecia ter sofrido uma regressão e tinha voltado a inchar. Era outro poderoso sinal de que deveria interromper ali aquela aventura e ir embora, voltar outro dia mais preparado. Mas parecia estar mais cansado do que antes, um cansaço que inibia qualquer iniciativa e que o deixava na expectativa de receber instruções sobre como agir, como se tivesse eliminado qualquer poder de discernimento. Sentiu a náusea antes mesmo de abrir a porta e, enquanto seguia a moça para o andar de baixo e o cheiro de comida parecia cada vez mais forte, pensava que devia fugir, fugir, sem conseguir escapar da obediência passiva.

O marido já o esperava à mesa (embora não fosse almoçar, porque sua doença não mais permitia uma alimentação normal). Desculpava-se pelo transtorno e agradecia a paciência dele, que sentou e tentou se concentrar no que o outro dizia. Respondia com acenos de cabeça e murmúrios, porque sentia um gosto ruim na boca e procurava esconder as mãos com aquelas unhas enormes e o dedo intumescido. Seguidamente mudava de posição na cadeira, embora nada disso tivesse a ver com mais ou menos conforto, era apenas um movimento que repetia como um artifício que o ajudasse a transmitir alguma racionalidade à sua presença ali. Evitava o olhar do outro e se agitava na espera de que fosse acusada sua total descompostura. Nada disso acontecia, porém. O outro se comportava como se ele estivesse dentro das regras de absoluta conveniência, e ficou quase grato por essa condescendência. A moça que assessorava o marido permanecia de pé atrás dele, também generosamente quieta. E de repente teve medo de que tudo aquilo fosse uma orquestração. Não sabia com que intuito, tinha apenas a sensação de que corria perigo. Devia tentar parecer o mais normal possível para ganhar tempo e interpretar o que se passava. Então puseram um prato à sua frente e de repente aquilo não fez sentido, nem nada mais fez: ele simplesmente não entendia. Sabia que aquele prato na mesa exigia uma reação que não conseguia lembrar qual era; tinha perdido a seqüência. O cheiro de comida o pressionava exigindo uma resposta e tornando a náusea insuportável, e tudo que conseguia lembrar é que não comia há muitas horas e aquela fome rejeitada não parecia correta. O vômito seria o mais correto, mas não queria vomitar, uma obscura lucidez o levava a controlar a ânsia. Não sabia o que fazer. Tinha a impressão de que se não conseguisse adivinhar a coisa certa ia ser punido, que o marido de Maria e aquela moça atrás dele estavam esperando isso para justificar um ataque.

Foi quando, se sobrepondo à comida, sentiu um cheiro horrível que não sabia se vinha de seu próprio corpo ou se era o cheiro de morte que talvez já exalasse do anfitrião. O marido de Maria começou um longo discurso, o que só aumentou seu horror, porque era mais uma coisa de que devia encontrar o nexo, a relação com o cheiro, a penumbra, o prato de comida, aqueles dois, a morte de Maria. E teve de fazer um esforço enorme para, depois de um tempo de confusão que não sabia precisar quanto durou, conseguir se deter no que o outro falava.

...e é claro que ela não acreditava que ia morrer. Eu gostaria de ter visto as cinzas dela. Saber se eram cinzas diferentes de outros materiais orgânicos. Queimam muitas coisas diferentes. É provável que produzam cinzas diferentes. Sempre fiquei na dúvida se queimavam os fetos abortados. Acho que queimavam. Na época em que ela resolveu fazer o primeiro aborto, não sei por quê, pareceu mais importante saber se eu teria tido um filho ou uma filha. Não costumam responder essas coisas. Devem queimar os fetos. Mas nem tudo o fogo purifica, às vezes apenas destrói. Ela preferia esse fogo, sim, o fogo que elimina, o fogo dos fetos. Acho que não evitava engravidar para ter o prazer de imaginar essas piras. Fez bem, fez muito bem de cremar Maria, ela era um inacabado, era algo que nunca se completou, ela foi um aborto que queria companhia, ela...

Ele ouvia tudo aquilo e nem conseguia entender também, nem tocar o prato. Buscava energia para prestar atenção, mas perdia pedaços do que o outro falava, ouvia o som descolado do sentido, como se não fossem palavras, como se fosse um ruído produzido por uma ferramenta que ele não conhecia e com cuja utilidade nem conseguia atinar. Aquilo ficava incorporado ao seu mal-estar, parte do ambiente insalubre do qual precisava sair, períodos em que toda sua concentração era dirigida à descoberta da forma de se livrar do estado em que se encontrava. Então tentava lembrar de Maria morta, encontrar um ponto de apoio, e o marido meio morto continuava falando e ele devia tentar escutar.

...*Quantos abortos ela fez com você? Um, dois, três? Tantos que já não valia a pena contar? Era descuidada. Sempre se indignava quando qualquer coisa contrariava sua vontade. Essa era sua idéia de injustiça. Depois das cinzas, livre do perigo daquilo que eu nunca soube se era macho ou fêmea, eu ri muito porque ela pensava que tinha imposto alguma vontade. Que prazer risível ela achar que me sonegava minha vontade. Tenho horror à reprodução, tenho absoluto horror à continuidade dessa irracionalidade toda. Quero que todos morram, e que tudo enfim acabe, o fim do inferno. Ratos se reproduzem, homens não se reproduzem. Eu não podia permitir. Há momentos em que temos de decidir se somos um homem, e eu disse a Maria que era um homem. Que é importante que dure, não vai acabar daqui a pouco, não se iluda como Maria, vai acabar quando eu puder acabar, puser fim a isso tudo, mas naquela época era ainda mais distante, o fim, quero dizer, naquela hora eu precisei garantir que o fim chegaria na esterilidade de um homem, e hoje, ainda longe do fim, digo que sou um homem. Diria isso a ela agora de novo, ela sabia. Ela, aquele ser central, aquele ser único em torno do qual tudo devia se acomodar ou desaparecer, desaparecer, sumir, ser eliminado. A vontade primordial, a vontade que jamais podia ser contrariada sob o risco do fogo dos fetos, a vontade que se afirmaria eternamente, que viveria eternamente. Que morreu num táxi.*

Ele achou que perdera um grande pedaço do discurso, porque só recobrou a atenção quando ouviu a gargalhada. Aquele homem que tinha tubos no nariz gargalhava, o marido de Maria. Sem resfolegar, sem arfar como um doente, emitia um riso absolutamente sadio, o riso da graça, da pura diversão, o riso que podia ser partilhado. A moça começou a rir também e ele achou que devia acompanhá-los, mas isso o oprimia ainda mais, porque não conseguia nem a mímica do riso. Os motivos das pessoas e coisas daquela sala escapavam, embora continuasse procurando adivinhá-los. As cortinas estavam fechadas e ele tentava pensar no jardim lá fora, num lugar em que saberia o que acontece e por que acontece, mas não conseguia. Era como se a janela fechada tivesse eliminado o jardim, aliás, eliminado tudo, e o único mundo existente, o único que havia restado, estivesse todo dentro daquela sala e tivesse sido sempre assim. Todo o resto seria como uma alucinação que já era irrecuperável, uma enfermidade que foi tratada e que o privou de confortos doentios. O marido continuava a falar.

Ela não ia morrer nunca. Eu ia morrer. Ela não podia suportar isso. Ela tinha de ser afastada porque não ia agüentar, não Maria, eu sabia. Aniquilei sua vontade porque é sempre a vontade mais poderosa que prevalece. Ela não podia prevalecer. Longe, longe, longe ela devia ficar. A integridade é fundamental como o fogo, e eu sou íntegro como o fogo. Maria era muito lite-

ral em certas coisas. Foi íntegro que me conservou, sou dessas coisas que não são deturpadas pelo presente, ficam na memória da melhor forma e o lugar do amor é a memória. Por isso eu a mantive à distância, a distância que produz incríveis prodígios, que impede a corrupção. Fiz que ficasse longe de mim. Esmaguei a vontade dela seguidamente, porque é uma morte que sempre demorou, a minha, a morte que não se executa, a minha. Ela não entendia, Maria, que a única realidade que não muda é a representação, e eu estava representado por todo lado em sua vida. A gente não pode se limitar, a gente tem de ser o que a imaginação faz a gente ser, algo superior a toda essa pequenez que o tempo acumula sem economia em todos os corpos e os faz tão parecidos com as almas. Um plano maior, Maria, ela tinha, não essa mesquinharia da vida. Maria desprezava a vida, Maria queria existir. Ela sabia, sabia, Maria, que a vida é só vulgaridade e apodrecimento. A grandiosidade de existir, sabia Maria, tão rara e incorruptível. Mas uma estupidez é o que a atrapalhava. Beleza e feiúra não podem ser produzidas, não sabia disso Maria, apenas encontramos. Beleza e feiúra, apenas encontramos beleza e feiúra, ou elas nos encontram, é mais certo: nos reconhecem. Devemos esperar, mesmo sem saber qual virá. Esperar, esperar. A impaciência é estúpida. Ter confiança e cultivar a inteligência, esperar ser reconhecido. Beleza é uma forma de inteligência. A ingenuidade de Maria, tão esperta, capaz de manipular qualquer coisa, mas tão estúpida que acreditava que a beleza podia ser provocada. Como acreditava que não ia morrer. Sabe de uma coisa? Uma coisa que Maria era muito arrogante para acreditar: eu não morro. Que inconveniente! Mas não sobrevivo a mim mesmo, eu vivo, e vive o que eu lembro. Eu li todos os livros. A carne é triste, e eu li todos os livros. A memória de todos os livros devia caber em um único livro. Triste, eu lembro. Não morro. Me acostumei com a morte e ela parece se contentar em ficar a meu lado, em me fazer companhia. É uma coisa muito solitária, a morte. Nem todos têm o conforto de Nehebkau, que nunca está sozinho.

Por que aquilo não parava? Pensou que nunca mais ia sair dali. Que tinha alcançado a eternidade, e o marido de Maria ia continuar girando o anel e falando para todo o sempre. O medo de que nenhum movimento mais fosse possível aumentou quando notou o quadro pendurado na parede à sua frente. Cada vez que olhava o quadro, esperava que a ação sugerida na pintura tivesse se desenrolado. Que a mulher à esquerda que se preparava para abandonar o banco no jardim tivesse completado seu movimento e se erguido inteiramente. Que a paisagem se escurecesse com o temporal que era visto próximo no horizonte, que alguém surgisse na estrada de terra pintada em segundo plano. Em vão. Era como se ele e o quadro fizessem parte de um espaço fora do tempo, imutáveis, sozinho ele, sozinha a mulher que não se levantava nunca.

— Maria morreu. Isso é tudo. — Ele próprio se surpreendeu ao falar isso ao marido de Maria, de pé, como se de repente tivesse encontrado a coisa certa a fazer. Era aquilo, não havia nada mais que pudesse pensar ser correto a não ser sair dali, e era como se tivesse descoberto a maneira de retomar o curso do tempo.

A moça que assessorava o doente gritava atrás dele enquanto ele percorria salas e abria portas procurando a saída. Devia parar para ouvir a orientação sobre o caminho correto para fora, mas não podia parar, só sabia que tinha de sair dali e continuou andando, voltando sobre seus passos ao dar com salas sem saída, a desafiar um labirinto exasperante, até que pulou de um janelão para o jardim e foi margeando o muro em direção ao portão. Estava fechado, e ele ficou seguidamente puxando o trinco como se essa repetição tivesse o poder de abrir o portão (absurda técnica recorrente em Maria, que sempre repetia as perguntas quando tentava mudar as respostas). Provavelmente foi o empregado de macacão que abriu o portão, ou sua mágica deu certo, porque se viu na rua, quase correndo, desta vez empenhado em combater a náusea. Quando assumiu o mesmo ritmo de andar das outras pessoas da rua e se reintegrou àquele movimento ordinário, já não pensava em vomitar.

Pôs a mão no bolso para ter certeza de que o anel não estava mais lá, se certificar de que tinha limpado uma mácula de Maria, eliminado tudo relativo àquilo: o marido, a casa, o jardim, a história sem ele. Mas quando sentiu a falta da jóia, se arrependeu de tê-la devolvido; era como se tivesse traído uma parte incorrupta de Maria, dispensado o que escapara das cinzas e que não podia ser eliminado. O sol batia forte em seu rosto. Ele suava e tentava continuar andando sem parar. O calor, a multidão, os cheiros, os carros, os rostos formavam um conjunto infernal, que ele enfrentava com a resignação dos que reconhecem padecer um mal que não era merecido nem purgativo, apenas existia.

Andava como se tivesse um objetivo, para tentar se mimetizar mais facilmente com todos aqueles outros (gostaria de atingir o ponto ideal da invisibilidade). Tinha seguido um trajeto diferente do anterior e percorria agora ruas do bairro que Maria detestava e que evitava o quanto podia. Arquitetura, pessoas, cheiro, traçado, tudo a agredia. Maria atribuía aquele resultado a uma infeliz coincidência que fizera várias desinteligências convergirem, formando um ponto repulsivo. Era uma parte da cidade de integração relativamente recente, que saíra do limbo de pequenas fábricas e parecia querer se firmar no circuito pela quantidade de novas distrações que oferecia. Havia uma cultuada vocação noturna e uma espécie de exibicionismo em tudo, uma disputa pela atenção que, àquela hora do dia, dava um ar melancólico de cenário incoerente. As coisas desencaixavam mais uma vez e ele teve medo de novo, medo de ser identificado com toda aquela inadequação. Entrou numa lanchonete e se refugiou numa mesa do fundo, de maneira que pudesse ver a rua, tentando aproveitar o posto para estudar melhor as pessoas que passavam com tanta naturalidade, assimilar suas técnicas. A cabeça doía e a luz dificultava fixar o olhar. Conseguiu engolir um sanduíche e tomou duas cervejas enquanto planejava a melhor postura para sair novamente para a calçada cheia. Então reparou no prédio em frente, onde uma placa anunciava um apartamento para alugar. Era algo adequado a fazer: foi até lá, pegou as chaves com o zelador e subiu. O andar era alto e o espaço estava vazio, cheirando a tinta. Mudar de endereço já tinha sido uma tentação, sair da casa que Maria impregnava mesmo morta, aquela morte incompleta que não deixava a dor chegar. Mas desde muito antes ele já tinha tido a experiência da inutilidade deste tipo de mudança. Uma vez, tentando tornar definitiva uma das tantas separações, tinha forjado sua vida sem ela, e começou por modificar o espaço da própria casa. Fingiu que tinha uma existência independente. Mudou alguns móveis de lugar e comprou duas plantas grandes, de modo que quando ela o imaginasse ali, imaginasse errado. Também deixou o telefone no atendimento automático e manteve as luzes apagadas à noite para que, caso ela passasse diante do prédio, pensasse que ele não estava, ou que estava com outra, qualquer dos casos sugerindo que ela era dispensável. Foram noites que ele passou vigiando no escuro pelas frestas das persianas para flagrá-la caso tentasse se aproximar. Noites por vezes complementadas pelo obsessivo esforço de decifração da autoria de telefonemas sem mensagem registrada. Maria nunca foi vista tentando se aproximar do prédio, nem rastreada como autora de qualquer telefonema. Em pouco, o insuportável que era a ausência dela predominou e ele desfez as modificações, abandonou essas práticas para adotar a total disponibilidade do encontro com Maria, seguida de sua busca incessante (de resto, inútil: ela voltou quando quis, como sempre, surgida do nada que era aquela enorme zona longe dele, e encontrou a casa exatamente como tinha deixado. Maria nunca imaginava errado).

Lembrou desta frustrada empreitada quando o cheiro de tinta o enjoou e ele abriu uma das janelas do apartamento vazio, cujo aluguel era muito alto. Sabia que seu mal-estar faria sempre parte de qualquer lugar e que de nada adiantaria mudar para aquele apartamento vazio no bairro que Maria detestava. A rua era estreita e tinha uma visão limitada da janela, e apesar de tudo imaginou ficar ali noites inteiras como se espreitando a aproximação de Maria, com a calma certeza de que isso não aconteceria. A vigilância continuaria até que não lembrasse mais o que vigiava. Gostaria de acreditar que com o tempo ia conseguir esquecer também todo o resto. Esquecer tudo. Não esperar mais a dor. Eliminar a existência de Maria da sua. E voltar a sentir apenas o desconforto de quem nunca havia encontrado Maria.

O enjôo voltava, ele achou que devido a essas tentações de irrealidade. Eram ficções curiosas essas que o desprendiam de Maria, porque era uma maneira de reproduzir o que era concreto: estar com ela tinha sido sempre a pior forma de solidão. Ele jamais conseguiu eliminar a expectativa de que ela estivesse lá, com ele. Mas ela nunca estava lá. Devolveu as chaves ao zelador e tomou o caminho mais direto para casa. Procurou novamente o anel e o gesto se confundiu com a última imagem da jóia, girada na mão do marido dela ao louvar "o conforto de Nehebkau, que nunca está sozinho". Então a cena ressurgiu com aguda precisão, e ali ele identificou a causa de algo que estivera misturado ao seu mal-estar, na verdade minimizado pelo seu mal-estar, porque era muito mais perturbador que ele. Percorreu o trecho final até em casa quase correndo e, quando entrou, reencontrou a serena angústia do inalterado. Mas era uma aparência ilusória, porque já não era o mesmo lugar: o encontro com o marido de Maria tinha provocado ali uma mudança radical. "Nehebkau" era a alteração.

II

Seu manuscrito estava aberto na mesma página há tanto tempo que a área exposta já apresentava sinais de enrugamento devido à umidade. Não era manuseado desde antes da morte de Maria. O texto permanecia interrompido e as linhas já escritas começavam a perder o sentido, um tipo de esmaecer, como se o vazio original fosse se reconstituir. Ao lado de seu manuscrito, fechados, estavam os cadernos de Derive, onde, em algum lugar, sabia estar grafado "Nehebkau". Tinha certeza de ter lido essa palavra naqueles cadernos: ele era o maior especialista na obra de Talma Derive. Mais que isso, era provável que fosse a única chance de sobrevivência da obra deste poeta que jamais publicou em vida e de cujos escritos não se conheciam cópias (os originais estavam todos com ele). A alta expectativa sobre essa obra advinha de três artigos laudatórios publicados na imprensa especializada e acadêmica, que se baseavam em fragmentos e, sobretudo, na capacidade de Derive fazer acreditar que dispunha de um talento excepcional que se exercia sem pressa. E, aval definitivo, essa reputação era amparada em um longo texto que ele próprio escrevera dois anos após a morte de Derive, já na qualidade de autoridade inconteste com relação ao poeta, e que merecera a capa de uma revista literária. Esses artigos foram amplificados por citações em vários outros textos, a ponto de cristalizarem a própria existência de uma grande obra.

Talma Derive morreu aos 42 anos devido à fragilidade natural agravada por drogas e bebidas baratas. Deixara instruções expressas para que seus cadernos fossem entregues a ele. A mãe trouxera pessoalmente o material, acondicionado em uma caixa de papelão, não sabia se com o alívio de quem se livra de um dejeto ou com a esperança de carregar algo precioso. Apesar da surpresa ao receber aquilo, ele tratou a mulher com deferência, sem mencionar que considerava Derive uma das pessoas mais desprezíveis que conhecera na vida. Sem mencionar que sentira sua morte porque já tinha se acostumado à repulsa provocada por Derive, e que odiá-lo tinha sido um dos sentimentos mais estáveis que alcançara (havia muitos anos Derive não precisava fazer mais nada de abjeto para confirmar ser repulsivo, mas sentia falta que fizesse, o que sempre dava ao seu asco um frescor, algo como ouvir novamente uma música que conhecemos de cor: a seqüência previsível nos conforta). Sem mencionar à mulher, mãe de Derive, que a interrupção da seqüência abjeta de palavras e ações do filho fora o tipo de perda que sentira com a morte de Derive, recebeu aquele espólio. Sem mencionar que o mais surpreendente em receber aquele espólio era que nunca acreditara na real existência da obra que sempre ouvira Derive alardear, uma "obra fundamental" (esses projetos virtuais de grandeza eram comuns entre bêbados, drogados e medíocres: falar sobre grandes feitos parecia ser suficiente para dispensar o fardo de executá-los). Sem mencionar àquela mulher, mãe de Derive, que desprezava Derive, recebeu os cadernos. Triste, ela disse, entregando a tosca embalagem, triste, triste, ele repetiu. Depois que ela saiu, ele ficou um longo tempo segurando a caixa com os cadernos, com o impulso de se livrar daquilo e a dificuldade em escolher um lugar para largar, porque a sentia como uma coisa imunda, que iria manchar de forma indelével o lugar em que a depositasse. Então, num tardio movimento de extensão, ele incluiu a mãe de Derive na raiva que sentia do filho. Pensou em correr até a rua atrás dela e retificar seu comportamento, manifestar sua indignação pela insolência que ela tivera em aparecer na sua casa sem aviso para deixar aquela imundície, pensou em dizer tudo que não dissera e, ato contínuo, jogar aquela caixa de papelão no chão para que ela, se quisesse, abaixasse para recolher os restos e depositá-los longe dali. Mas ela já deveria estar fora de vista e tudo que ele podia fazer no momento era reforçar o sentimento de repugnância.

Havia algo de irracional na persistência de sua raiva, como algo de irracional no fato de ter sido indicado o guardião daquela obra. Largou a caixa em um canto e ocasionalmente checava sua deterioração. Só se dispôs a ler o conteúdo muito tempo depois, após flagrar Maria folheando interessada os cadernos. Ainda conservou a caixa de papelão (que algum dia embalara um eletrodoméstico) até a disformidade total, como se precisasse de um recipiente apropriado para o descarte dos restos de Derive. Agora, nem conseguia precisar quando foi que, diante dos cadernos fechados ao lado de seu manuscrito inacabado, bem depois do desmanche da caixa, pensou que efetivamente Derive ia desaparecer, sem nem sequer ter um monturo adequado. Porque ele não conseguia prosseguir na tarefa que se impusera: reescrever os cadernos e transformar Derive no autor de uma obra digna do que se anunciara, a obra em que, refeita, Maria seria colocada como figura central, o livro no qual ela seria fixada e ele — o verdadeiro e anônimo autor — se dissolveria. Já tinha escrito talvez uns dois terços do livro cuja autoria seria atribuída a Derive, mas o manuscrito permanecia incompleto e o projeto perdia o sentido.

Não haveria a quem comunicar aquele abandono. A mãe de Derive nunca mais entrara em contato, Maria estava morta e o Hetaira, antro que fora o endereço mais seguro do suposto poeta (misto de bar, abrigo de bizarrices e entreposto de drogas), havia muito fora fechado e seus personagens se pulverizaram no limbo. Quase tudo mudara, como se o mundo de Derive não mais existisse e fosse um dos últimos vestígios daquela existência o fato de que ele continuava a odiar Derive. A radicalidade de sua aversão permanecia intacta, alimentada pela memória, de onde Derive emergia como em surtos, em imagens que, sem deixarem de ser exatas, tinham um agregado de cinismo, espécie de contribuição do tempo, quase uma evolução do Derive vivo.

Tudo isso agora parecia pouco menos que anódino diante da ameaça exalando desse novo Derive que se insinuava.

"Nehebkau", o nome mencionado pelo marido de Maria que sabia ter lido nos cadernos de Derive, "Nehebkau", o nome relacionado ao anel sempre usado por Maria, fazia crescer algo lento, viscoso, humilhante. Subestimara Derive. Sem que tivesse mais margem para aumentar seu ódio, sentia que se rebaixava frente ao imprevisto Derive que se impunha. Sentia que se aproximava definitivamente de algo que tantas vezes fora uma busca desesperada, mas agora se surpreendia despreparado para assimilar: o elo efetivo entre Derive e Maria. Ainda devia tentar desvendar a nova situação que Nehebkau instaurava, mas, qualquer que fosse o resultado, sabia, implicaria na mudança da ordem e do significado dos termos que julgara já consolidados. A paisagem conhecida se retorcia em um ambiente hostil, e ele parecia ser tão vulnerável quanto uma presa incapaz de identificar o predador. Havia a possibilidade de usar o poder de que dispunha e sumariamente destruir todos aqueles cadernos de imediato, mas sabia que não o faria. Ia reabrir os cadernos, ia reler os cadernos, ia reencontrar Nehebkau, ia assimilar a possível relação de Derive com Maria, de Nehebkau com Maria e Derive e o marido de Maria, ia refazer o projeto da reescritura da obra de Derive. Na verdade, mesmo antes deste encontro com o marido de Maria, sabia, era impossível desistir do projeto. Derive era tudo que ele tinha. O cadáver de Derive, os cadernos de Derive, a escritura da nova obra que ele não conseguia continuar e que era a única coisa de que dispunha para justificar que ainda insistisse em adiar a inação total. A obra que celebraria o simulacro, que faria Derive ser o que fingira ser, obra imprescindível porque era nela que encerraria Maria.

Assumir a falência de seus planos também destruiria parte considerável de seu passado. Já tinha investido tanto tempo e esforço na empreitada que abandoná-la era como estender uma maldição a seus últimos anos (na verdade, aquela versão interrompida sobre a escrivaninha era sua segunda escrita da obra, tendo concluído e descartado a primeira como inadequada). Alcançara um nível de absorção tal na tarefa que era impossível prescindir de Derive e Maria, tinha se tornado um refém desses mortos imperfeitos. Gostaria de se conformar em odiar Derive e esperar confiante a dor pela morte de Maria. Mas os dois escapavam, e temia que começassem a perder o contorno bruto, a se integrarem a outras lembranças, e ele esmaecesse com eles, até que também acabasse imerso na mesma brutal inexistência. Era com a morte predatória que eles o ameaçavam. Pensou que havia um quê de escárnio no fato de ele ser o detentor do destino dos três e na sua falta de opção. Estava acuado neste destino. Estava condenado a Derive.

Era uma situação instalada que precedia em muito a menção do marido de Maria a Nehebkau e que se agudizava. Desde antes da morte de Maria, desde a frustrada segunda versão da obra que atribuiria a Derive, tudo que tinha conseguido era alternar uma melancolia com a angústia por não conseguir avançar o manuscrito. Era outra ironia essa reprodução de um estado usual de Derive, que sempre exibiu uma espécie de tristeza profissional, duvidosa como tudo que lhe dizia respeito (incluindo o caráter de sua relação com Maria). A primeira vez que ouvira falar de Derive foi na noite em que conheceu o Hetaira, aonde chegou seguindo Maria.

Era uma lembrança incômoda, que se somava a outras que evidenciavam que ele era capaz de fazer coisas que julgava impossível que fizesse, e que lhe davam a insegurança de não poder prever suas próprias atitudes, de não poder confiar em si mesmo. Naquela noite em que a seguiu, nem teve de se constranger com o quanto havia de rasteiro no seu comportamento, porque sobrepunha sua dissimulação à de Maria: seguiu-a como um bicho traiçoeiro porque mal tinha saído de uma espera (ela acabara de voltar de uma inexplicada ausência de três semanas) e estava esgotado demais para enfrentar outro abandono em seqüência. Naquela noite, ela tinha reaparecido em sua casa anormalmente quieta, parecendo esperar que ele fizesse ou dissesse alguma coisa que ele não conseguiu decifrar, embora tenha tentado acertar o que preencheria a expectativa dela, agitando-se e proferindo insultos e súplicas aleatórias. Horas depois de ter voltado, de madrugada, Maria o deixou. Levantou como se desistisse, pegou a bolsa, saiu em silêncio e ele foi atrás sem que ela visse, primeiro correndo pelas escadas e se esgueirando em esquinas, depois seguindo o táxi que ela tomou. Não pretendia nada exatamente, apenas queria não ter de esperar de novo, queria ver Maria, estar onde ela estivesse.

O táxi com Maria parou frente a uma porta vermelha de metal, único destaque num endereço que não exibia nenhuma identificação do nome ou atividade do local. Viu quando ela entrou sem ser importunada por dois seguranças que conversavam na calçada e a seguiu com precipitação, como se isso intimidasse os homens e seu movimento não pudesse ser contido. Só estancou quando também já estava no interior daquele lugar, recebido por um bafo azedo, um cheiro de umidade velha. Então sua vergonha se sobrepôs, acentuada pela confusão e pelo ridículo. Não tinha um plano, não sabia se queria impor sua presença, abordá-la, ou se ia continuar essa vigia sorrateira. Deixou que ela saísse de vista, sentou no balcão do bar e começou a beber. Estava doente, tinha uma febre intermitente que o deixara de cama por dois dias e não conseguia raciocinar direito. Sabia, no entanto, que não agir era uma forma de ação. Parado e quieto, era provável, mesmo inevitável, que cedo ou tarde ela o visse, e então reagiria. Estava perto da porta, de maneira que sua única decisão imediata seria, caso ela saísse, continuar a segui-la ou continuar a beber. Atrás das garrafas enfileiradas do bar havia um espelho escuro onde ele podia ver reflexos distorcidos e sombras dos freqüentadores. Era impossível distinguir qualquer fisionomia com aquela luz mortiça, mas a movimentação era o usual balé de sordidez e degradação com o qual Maria adorava flertar. Foi ao ver seu copo vazio que percebeu que há muito tempo tinha desatentado de tudo à sua volta. Era possível que Maria tivesse saído sem que ele houvesse notado. Quem sabe mesmo tivesse passado por ele sem o ver, já que, percebeu com repugnância, ele não se distinguia mais de qualquer outro naquele lugar. Então, entre as sombras no espelho, reconheceu o contorno inequívoco de Maria, que evoluía com a desenvoltura de quem tinha perfeita intimidade com aquele espaço. Viu várias vezes aquela silhueta se aproximar, agigantando no espelho, depois se perder de novo. Até que, finalmente, as mãos dela como que emergiram da imprecisão e ele as viu apoiadas no balcão. Maria sentou a seu lado e pediu uma bebida. Ele não a encarava, fixava o espelho e, quando o instável atendente do bar o encobria, direcionava o olhar para as mãos dela, tão próximas e hábeis. Ela tomou a bebida em silêncio e saiu. Ele a seguiu, mantendo uns três passos de distância, o arremedo de perseguição que continuou no táxi, onde ela o fez sentar no banco de trás e se instalou ao lado do motorista. Antes de bater a porta ela acenou para alguém que ele não chegou a ver e gritou "Derive não veio". Fora um arremate da humilhação, e agora, ao lembrar dessa primeira vez em que ouvira aquele nome, pensou que o ódio a Derive tinha antecedido o próprio Derive. O táxi estacionou diante do seu apartamento e ela desceu na frente. O alívio de voltar para casa, e voltar para casa com Maria, fez adiar o momento de saber quem era Derive. Não perguntou nada para ela nem naquela noite nem nunca. Ia acabar encontrando Derive, no Hetaira, aonde voltou muitas vezes. Queria desvendar algo de Maria ali, explorar o que julgou ser um local privilegiado para definir melhor quem era aquela mulher. E, principalmente, queria aproveitar a oportunidade de conhecer um possível amante dela. Na verdade, encontrar algum dos supostos amantes era uma obsessão também porque achava que todos eram a expressão da mesma coisa, e que se decifrasse um teria a chave para todos, saberia o que Maria procurava fora dele.

Seguiu a pista do Hetaira, embora nunca tenha voltado lá com ela. Ia sempre sozinho, e seu alvo era Derive. Aliás, Derive parecia só existir no Hetaira (era como se fosse inviável aquela vida fora de um tipo específico de insalubridade). Mesmo lá, um novato teria dificuldade para localizá-lo. Foi na terceira ou quarta ida ao Hetaira que viu Derive, ou melhor, que Derive permitiu que o identificasse. Já conhecia a maior parte dos freqüentadores habituais do lugar, cujos rostos perscrutava de um ângulo morto do balcão do bar, que praticamente permitia visão total do ambiente. Mas naquela noite o balcão estava lotado e ele foi sentar numa espécie de sofá contínuo que se estendia pelas paredes do Hetaira. Mal tinha se acomodado no novo lugar, um homem se instalou a seu lado, um homem que sempre estava por lá, inerte em algum canto, em quem tinha reparado tantas vezes que já nem o registrava mais. E, não sabia precisar por quê, tinha descartado sua importância (provavelmente estava sendo guiado apenas pela imaginação, que o fazia procurar alguém notável ou pelo físico ou pelo comportamento, e aquele ali aparentemente não se sobressaía em nada). Pouco depois viu um jovem casal se aproximar e supôs que fosse falar com o homem a seu lado, mas os dois apenas resvalaram nele, se comprimiram no recorte do sofá onde havia uma porta de emergência e fizeram sexo de pé, um ato rápido e desajeitado. Nos movimentos mais incontidos chegavam a tocar no homem sentado na ponta do sofá, que nem sequer olhava o casal, permanecia alheio, impassível. Parecia realmente não estar interessado. Percebeu então que ninguém ali demonstrava achar aquilo digno de nota; era como se tudo estivesse inserido numa normalidade local, comparável ao beber, conversar ou fumar. Quando terminou, o jovem sentou na mesa baixa diante do homem, com as roupas ainda mal arrumadas, a mulher atrás dele. Tinham a evidente expectativa de uma aprovação, mas o homem parecia se divertir em sonegá-la. "E então, Derive?", perguntou o jovem loiro com ansiedade. Derive fez um gesto contido e o casal pareceu satisfeito com a resposta, indo se recompor nos banheiros.

Ele não conseguia atinar com o sentido daquela resposta de Derive, nem com o que tinha presenciado. Salvo por ele, aparentemente os outros tinham ignorado aquela cena. Era algo muito diferente das sessões que Maria promovia escancarando as janelas quando eles estavam juntos, porque o casal ali não visava agredir qualquer pudor ou excitar alguém. Não queriam transgredir nada nem havia o menor traço de exibicionismo: tinham desgastado a tal ponto aquela intimidade que ela não dizia mais respeito a ninguém, nem aos próprios protagonistas. A indiferença era o centro da *performance* da apresentação de Derive, que se inclinou para ele: "O prazer não resiste ao excesso", disse.

Muito do que era Derive foi explicitado nesta noite, o que ele confirmaria seguidamente. Aquela falta de relevo, por exemplo. Derive se empenhava na minimização do movimento e da fala, chegando a uma quase imobilidade cuja pretensão, talvez, fosse representar a fixidez da verdade. Mas, ele sabia pela obstinada observação a Derive, aquele mimetismo era de fato o que permitia espreitar a fraqueza alheia sem entraves. Derive mantinha o domínio daquele espaço, fazia as coisas girarem em torno dele sem alarde, como se detivesse uma força genuína. Demorou um pouco para saber como isso se exercia.

Nas vezes seguintes que voltou ao Hetaira procurou se manter afastado de Derive, cuja presença ou ausência, aprendeu, podia detectar pelo comportamento dos outros. A agitação era notadamente maior quando Derive estava: aquela figura lúgubre, sempre na penumbra de algum canto, parecia orientar as exacerbações todas. Era o mais próximo de um centro de gravidade daquelas órbitas tortuosas. E, com o tempo, julgou perceber que Derive tinha um plano. Um plano cuja execução podia explicar a coreografia local.

O que distinguia o Hetaira de tantas outras espeluncas congêneres era uma estranha espécie de pretensão artística. Era como se todos se prestassem a posar para Derive, que insinuava a elaboração de sua obra poética com aquele material. Aqueles praticantes buscavam legitimação em Derive, uma fraude que se sustentava com vários maneirismos, um dos mais odiosos sendo este: oferecia a posteridade. Parecia que a população fixa do lugar acreditava na virtude da entrega aos desejos mais primários que, segundo a lógica de Derive, deviam ser atendidos com desmedida, de uma maneira que fosse além do próprio desejo. A superação pelo desgaste os deixaria livres para novas ânsias, imprevisíveis, mas cujo conteúdo os elevaria a personagens. Era pela saciedade que seria eliminado tudo que obstruía a exibição da essência poética. E Derive seria aquele que dispunha da consciência pronta a apreender e organizar tudo aquilo. Para aquela gente que lotava o Hetaira, era possível que Derive fosse a única noção de futuro. Quer dizer, para eles o presente era sempre o mesmo, se reproduzia nos mesmos desejos que reemergiam indefinidamente, como se o tempo não tivesse progressão. Derive seria a promessa de sentido àquele tempo.

Pensou que talvez isso explicasse o horror fora de medida que sentia por Derive: o poder que tinha de fazer os outros acreditarem que simbolizava a arte. Mais que isso, de substituir a arte com sua simples existência. Até onde ele podia ver, para todo aquele porão humano Derive bastava. Derive, que explorava a dimensão trágica daquelas pessoas, que intuíam a grandeza mas se sabiam incapazes de alcançá-la. Aquele ser totalmente abjeto vivia de representar a arte, quando na verdade a arte lhe era inacessível. Tinha acumulado um volume impressionante de teorias e citações de obras seminais, mas jamais teve qualquer genuína experiência artística simplesmente porque lhe era impossível abstrair de si mesmo. Ele se afirmava como um mineral, pronto desde sempre, anterior ao resto, feito para durar infinitamente mais. Em pouco tempo, viu que tudo em Derive era farsesco, que se dedicava a uma encenação canhestra do artístico. Às vezes chegava a perceber algo mais ameaçador, como se houvesse uma outra camada no plano de Derive, que uma noite inclinou-se para ele e sussurrou: "É nos subterrâneos que começam as epidemias." Dias depois viu um novo cliente abordar uma das moças no balcão e conversar longamente com ela, que depois de um tempo sinalizou que o esperaria numa mesa que tinha vagado junto ao sofá. O homem se demorou providenciando mais bebida, e quando a reencontrou a moça tentou prendê-lo num abraço que o homem, a princípio receptivo, logo passou a repelir com gritos cada vez mais altos. Tinha manchas de sangue quando escapou correndo para a rua. O sangue era da moça, que tinha cortado com uma navalha várias partes do próprio rosto, peito e dos braços, e que ainda esboçou um lamento pela rejeição, mas permaneceu sentada, bebendo e sangrando até adernar e escorregar para o chão.

Ele, que presenciara tudo do balcão, avançou para a moça e foi praticamente interceptado por um segurança, que se adiantou e a carregou para fora. Derive, que estava a poucos metros da cena, não se moveu. Depois, fez um gesto para que ele se aproximasse. "Ela eliminou qualquer dúvida", explicou. "Existem corpos, e corpos sofrem." O que Derive parecia estar testando era a idéia de que a dor era a única incontornável prova de existência.

Nessas ocasiões tinha de enfrentar a forma peculiar com que Derive expressava consideração: pelo toque no interlocutor, pegando-o pelo braço, colocando a mão no ombro do outro, falando sempre muito próximo, como se estabelecesse uma cumplicidade íntima. Suportou aquele constrangimento físico e o hálito pútrido porque queria analisar Derive de perto, mas era como encostar em uma substância desconhecida, algo asquerosa, em que é possível pressentir propriedades venenosas. Após cada encontro desse tipo, sua primeira providência era lavar as mãos e qualquer parte do corpo exposta que tivesse sido tocada por Derive. Todos os outros, no entanto, pareciam considerar aquele toque um privilégio capaz de dar acesso a algo que não tinham condição de encontrar sozinhos, capaz de incluí-los numa realidade mais real, mais sutil. Na prática, tudo o que conseguiam se desgastando em extremos era a angústia da saciedade, o vazio que os fazia sofrer até que o desejo tivesse tempo de reemergir. Se é que serviam de amostra, era para confirmar que era impossível ir além do próprio desejo, aquele desejo primário que os definia. Serviam para confirmar que tudo que havia além da ânsia era a dor.

Imaginar Maria ali aumentava seu tormento. Cada vez que entrava no Hetaira, antes de procurar por Derive, tentava se certificar de que Maria não estava presente, e quanto mais conhecia do lugar mais seu medo de encontrá-la ali crescia. Pensava nela se prestando a tudo aquilo sem resistência, como os outros. Não havia obscenidade naquelas exposições, havia um rebaixamento a algo mais ingênuo e mais degradante que isso. Nunca encontrou Maria no Hetaira. E pelo menos uma vez, durante uma das prolongadas ausências dela, apesar do pânico, tinha mesmo ido ali com a esperança de encontrá-la (tinha atingido aquele ponto insuportável em que qualquer alteração era preferível à indefinida continuidade da falta de Maria). O episódio foi marcante por razões que se acumularam com o tempo.

Naquela vez em que foi ao Hetaira com a esperança de encontrar Maria, sentou no seu habitual lugar no balcão e, a despeito da sua atenção, não chegou a antecipar a briga que explodiu perto dos banheiros. Era possível que fosse outra *performance* orquestrada por Derive, porque foi de uma violência brutal, sem matiz, sem limite na sua expressão. Ele forçou seu caminho até a saída golpeando todos os corpos que o obstruíam com uma lasca da garrafa com que fora servido, e escapou dali o mais rápido que pôde, até pelo medo de servir involuntariamente de matéria para Derive. Voltou para casa e durante dias permaneceu a agitação ligada aos acontecimentos do Hetaira. Era difícil se restituir sem dispersões à espera de Maria. Em sua inquietação, a selvageria que presenciara no Hetaira e a prolongada ausência de Maria acabaram por se entrelaçar num todo indistinto. Então lembrou o que permitia sustentar aquela justaposição. Lembrou de outra separação de Maria. Lembrou de uma manhã durante esta outra separação em que teve a certeza de que Maria estava mais próxima: foi no dia em que, logo cedo, ouviu a notícia de um acidente de proporções catastróficas na capital do país, e que era assunto único na TV, no rádio e na rua. O acontecimento provocou uma espécie de choque coletivo, uma sensação de impotência e perda que tinha o conforto daquela dor que podia ser partilhada. Uma solidariedade que ele absorvia e a que sobrepunha Maria: pensava nela sofrendo também. Pensava, e era o que justificava sua euforia, que aquele momento de alguma forma era comum aos dois. Que os unia novamente. Talvez a comoção de Maria não fosse a mesma que a sua, mas era suficiente para que a experimentassem juntos. Talvez mesmo ela estivesse disposta a tornar particular a reação deles dois. Era possível que voltasse.

Ela chegou com uma excitação quase mórbida. Sem aviso (não havia dúvida que ele a estaria esperando), irrompeu de volta com a compulsão da fala que exigia um ouvinte. Contou detalhes do acidente inéditos para ele, certamente coletados por um acompanhamento obsessivo das notícias, material com que compunha uma verdadeira teoria da destruição. Descartava totalmente a hipótese de que tivesse sido uma incrível série de erros de controle e falhas de equipamento o que causara a entrada em alta velocidade de uma composição inteira na estação central de trem. Tinha de haver algo maior a explicar a tragédia. Repuxou a saia duas vezes ao falar do número atualizado de mortos e feridos. As meias pretas, ele pensou, eram um complemento previsível, adequado também à ênfase dos passos nervosos ao expor a multiplicação do terror, já que era forçoso considerar o efeito sobre familiares e amigos das vítimas. Vítimas que, a rigor, não existiam. Segundo Maria, era preciso reconhecer um tipo de responsabilidade de cada um por se encontrar naquele momento preciso naquele local exato. Mesmo que de forma instintiva, deviam estar espontaneamente cumprindo algo determinado. O volume enorme de informação sobre o acidente que ela despejava compunha uma caótica argumentação, que ele percebeu que não tinha sentido ou importância na justificação do fascínio que aquilo despertou nela. Montes de destroços e de carne tão fragmentada que perdia a identidade davam a ela uma clareza eufórica. Sua verdadeira tese era que o espírito só se expressa pela atração ou repulsão física. Ela estava testando onde encontrar o espírito naquela matéria destruída. Extremos como aquele acidente, provocados intencionalmente ou não (variável que não alterava a conclusão), eram momentos privilegiados. A brutalidade lhe despertava um sentido espiritual. Repassava o horror como uma oração. E ele lembrou daquela manhã porque lembrava a mais, lembrava o que na hora fora desimportante, lembrava que ouvira com nitidez no meio do discurso dela: "Corpos sofrem." Lembrara porque lembrou de Derive se inclinar com solenidade para ele quando a moça se mutilou no Hetaira e expressar algo muito próximo disto, talvez isto. Lembrara porque a generalizada briga sangrenta que envolveu o Hetaira parecia ser a produção intencional de indistintos corpos machucados.

Naquele dia do desastre, ele sobretudo se reconfortou em ver Maria. Tinha essa incapacidade de reagir prontamente aos fatos. Eles eram repassados depois muitas vezes e compunham sempre uma memória precária, porque ia sendo retificada continuamente. Aquele episódio continuava instável. A memória da volta de Maria no dia do acidente demorou algum tempo para se reapresentar, acrescida da marca do mal-estar gerado pela excitação dela. Camadas de pequenas lembranças, como descobertas, iam sendo acrescentadas a cada vez, como se o fato nunca se esgotasse. Repassava. Maria tinha reaparecido, ele se reconfortou em vê-la. Ela tinha reaparecido num estado de euforia, e no reconforto em vê-la havia uma reprimida aversão por ela ter visto qualidades estéticas no desastre. Ela chegou com euforia, fascinada com a eficiência na produção do horror, medida pela extensão da destruição. As meias pretas e a saia, a combinação automática que, ele pensou, eram a impossibilidade de se ocupar naquele momento com um figurino mais elaborado porque havia uma urgência na atenção ao desastre. Ela se dedicava ao desastre. O fascínio pelo poder da força capaz de causar todo aquele dano, a saia repuxada, os números de mortos e feridos repisados, a ausência de compaixão, depois mais. Depois ela contabilizando diligente cada detalhe do horror porque tinha certeza de que aquela potência que transformou tanta matéria simultaneamente se exercera como um espetáculo para que ela testemunhasse (ela se mostrava à altura do privilégio assimilando tudo como um aprendizado). Ela voltara. De imediato ele só pensou isso. Isso era bom. Depois é que pensou mais. Ela voltara histérica. O desastre que a fizera voltar a excitava. A sensualidade do horror. As meias pretas. O movimento nervoso no andar, se voltar, sentar, a cabeça que virava para cá e para lá como se procurasse ver algo, ou vigiar algo, o que algumas vezes enrugava seu pescoço e colo, o efeito que Maria não podia ver, os primeiros sinais de velhice que involuntariamente exibia, a decadência expressa que ele via. E depois a frase solta que ouvira dela e que tanto tempo depois Derive o fizera lembrar: "Corpos sofrem." Era cada vez mais envergonhada a volta à lembrança do que experimentara no começo, a alegria que ele sentira por ela ter voltado, e que mais ou menos os igualava no recebimento de algum benefício proporcionado pelo desastre. Eram sórdidos os dois, cada um à sua maneira. A maneira de Derive participar daquilo talvez fizesse Derive mais igual a Maria que ele.

Revirava tudo isso e tentava estabelecer não só a ligação, mas uma hierarquia entre Maria e Derive. Decifrar qual deles ecoava o outro. Eles tinham tanto em comum (a vulgaridade pretensiosa, a dissimulação) que era difícil se inclinar a um ou outro como condutor principal das ações. Saído da briga do Hetaira, recuperando outras esperas, estava mais uma vez esperando Maria. E esta espera atual era ainda mais incerta e penosa pela inserção da relação de Derive com ela, o que forçava a ininterrupta análise de cada reminiscência, exumando detalhes que pudessem ser significativos. Tudo que conseguia era multiplicar as hipóteses. Pensava em voltar ao Hetaira (as marcas da violência que eclodira em sua última visita já deviam ter sido atenuadas) para examinar melhor Derive quando Maria ligou: iria encontrá-lo. Estavam separados há semanas, há pouco menos de semanas ele permanecia imerso num inferno, mas então tudo ficou suspenso. Adiou a tentativa de deduzir o tipo de vínculo dela com Derive. Não sentia nem ânsia, nem irritação. Esperava. À medida que a hora dela chegar se aproximava, no entanto, começou a atrasar toda a sua rotina: não estava pronto. Ela ia surpreendê-lo despreparado. Lembrar do episódio que permitia estabelecer uma ligação mais profunda com Derive voltava a se impor, e ele não sabia mais exatamente quem era a mulher que ia chegar. Aquilo alterava Maria a ponto de torná-la uma desconhecida. Decidiu afinal que não queria vê-la. Pensou em sair por um dia ou dois, o que a forçaria a ir para um hotel (o mais provável motivo para esse contato dela era a falta momentânea de um lugar para ficar) e daria chance para que depois ele administrasse a crise à distância. Era um bom plano, que ele admirava sem conseguir sair de um absoluto estado de inércia. Plano que ele só abandonou quando percebeu que Maria já deveria ter chegado há meia hora, e começou o medo que ela afinal não viesse.

Ela chegou duas horas depois, o que trouxe junto não o alívio, mas a ameaça. Usava uma blusa que ele não conhecia. Não era nova, como podia perceber pelas pequenas bolotas criadas em zonas de maior atrito na malha do tecido. A perfeita combinação da blusa com um detalhe de cor do estampado da saia (que ele conhecia) evidenciava um conjunto que devia ser usado com freqüência. Ela chegava expondo a vida que o excluía, aquela em que usava aquelas roupas que lhe ficavam tão bem. A sedução gasta que exibia parecia ser suficiente: ela pouco falou (havia uma corrosão que ele atribuía a Derive em tudo que ouvia dela). Sentou no sofá e cruzou as pernas como se concedesse algo além do que ele merecia. Ela tinha uma lentidão nos movimentos que sugeria certa nobreza. Uma espécie de resignação, salientada nos piores momentos, com o que tem de ser feito, porque tem de ser feito. Evitava deliberadamente a impressão de vulgaridade que era inevitável quando se permitia surtos de violência e descontrole (ele desconfiava que tudo tivesse a mesma raiz no cálculo, que ela todo o tempo estivesse representando o papel que julgava mais adequado ao momento). A ocasional calma aristocrática era o contraponto ao que irrompia eventualmente como um reflexo, e que podia ser detectado em vários objetos da casa dele, que apresentavam a marca da manipulação de Maria, quebrados, lascados, como se portassem a impressão doentia da brutalidade.

Esperara tanto por aquela volta, e, no entanto, agora que ela estava ali imperava o que parecia ser sua característica fundamental: o excesso. Maria ocupava mais do que seria conveniente. Do espaço. Do tempo. Dele. Era difícil matizar Maria quando ela estava presente. Ela desafiava qualquer coisa com sua presença, que parecia diminuir outras formas de vida para melhor se afirmar. Tudo parecia pequeno frente a ela. Não só por comparação. Havia como que um recolhimento respeitoso ante aquela poderosa existência. Ele, por exemplo, que se ligara a Maria por um primeiro sentimento de adequação, às vezes se sentia quase um corpo estranho que de maneira natural seria eliminado do organismo dela. Sentada no sofá, de pernas cruzadas, em silêncio, ela estava ali novamente. E ele não queria repetir a própria degradação. Não a queria à sua frente, sugando sua vitalidade, sua rotina, existindo sem pudor às suas custas. Mas já duvidava que tivesse alguma pertinência sem Maria, não sabia se seria reconhecível sem ela. Como uma identidade falsa, ele pressentia o caráter condenável de se apresentar daquela maneira, clandestino, e era difícil estimar a real dimensão e os benefícios de estar com ela.

Não havia como decidir com clareza se Maria valia a pena ser conservada ou a pena de ser descartada (estava acostumado com essa situação: o melhor argumento contra Maria era a presença de Maria, o que não tinha força para alterar o fato de que sua ausência era insuportável). Havia muito tempo ele tinha tentado se conformar. Ou melhor, pesar inconvenientes com ganhos justificáveis. Na dúvida, era melhor conservá-la. Afinal, podia mantê-la por algum tempo — a exemplo dos melhores negócios, de forma impessoal e objetiva. Maria não precisava ser Maria. Ela tinha essa maleabilidade, podia transitar entre várias funções, alternadas segundo a circunstância ou conveniência (acreditava mesmo que não havia nenhuma relação que não tivesse uma base utilitária, fosse grosseira ou extremamente sutil). Era possível, por exemplo, passar a considerar Maria uma atividade terapêutica, algo que dava uma ocupação e um objetivo à sua mente, ou qualquer coisa benéfica porque, devido à detenção de certo poder, lhe permitia transitar nas ruas como se fosse natural. Em último caso, podia ser computada como mera despesa de serviços sexuais. Na verdade, já tinha desenvolvido uma nova forma de receber estes serviços. Quando estava com ela, semicerrava os olhos de tal forma que podia perceber movimentos e fragmentos desfocados do corpo, sem jamais ter nitidez bastante para identificá-los com Maria. Podia ser qualquer uma, o que tornava um acidente desprezível o fato de ser Maria.

Havia, no entanto, uma particularidade que sempre dificultava a completa eliminação daquela identidade. Maria apresentava uma espécie de avessa lubricidade: ela era puro sexo na postura, na palavra, na sugestão, mas na verdade não gostava de sexo. Por preguiça ou, mais ainda, por um peculiar sentido de higiene (o mesmo que a fazia andar nua pela casa), sexo para ela era desagradável (havia uma dúbia alegria ao imaginar que os amantes dela não teriam capacidade para detectar isso, que julgariam esse comportamento uma rejeição pessoal). Algo de único sempre tornava reconhecível Maria para ele, que muitas vezes tentou eliminar esse traço, tentou vulgarizar o sexo, que era o compreensível para ela, que se impunha real. Mas nunca chegou a mudar sua concepção básica de limpeza que o fazia desprazeroso. Aquela imposição do outro tão próximo provocava a repulsão. Essa fisicalidade era o mais próximo de uma ideologia a que chegava Maria, que de resto tinha um desinteresse pelas idéias que beirava o desprezo. Apenas agia, seguindo uma lógica que a cada vez tinha de ser decifrada. Era o que o confortava quando ela partia, como sempre: que graças àquela mesma estranha lógica ela voltaria (era um sistema instável que ele, depois da morte dela, se pudesse reproduziria, por sempre possibilitar a dor tão fácil, um sentimento quase táctil).

Naquela volta dela que se seguiu à violência no Hetaira pensou se a lógica que ela sustentava já estava contaminada, e foi impositivo tentar avaliar uma vez mais se já podia realmente detectar em Maria um sintoma de Derive. Ela continuava sentada no sofá mantendo aquela calma arrogante tão conhecida. Derive tinha sido introduzido nesse quadro familiar como um novo ingrediente químico, mas era difícil isolá-lo como agente ativo. Ele tentava redimensionar a postura dela e tudo que ela falava. Considerou machucar Maria, provocar a dor, lacerar aquele corpo como uma experiência controlada. Pegou a mão dela com firmeza e imprimiu uma leve torção, que foi aumentando com calma metódica. Ela não opôs resistência. Ele relaxou a pressão quando teve certeza de que provocava dor, mas manteve sua mão na dela. Ela retirou a mão, ele percebeu, por confundir seu gesto com o início de uma carícia. Nesta recusa ele julgou, com alívio, poder dissolver a suspeita da relação dela com Derive. Pensou que eram incompatíveis, que Derive teria pouco a extrair de uma mulher que era o anúncio do desejo, mas era um corpo sem desejo. Uma mulher que procurava sustentar o desejo do outro, não aplacar, se alimentava de sua provocação (procurou desesperadamente lembrar de "Silvia", da lascívia da Maria sem identidade da festa, a que o arrastou para trás de uma cerca do jardim, o que, pensava agora, tinha mais a ver com algum jogo com o marido do que com uma atração genuína por ele. O episódio podia ser parte da estranha intimidade do casal, e ele, que não conseguia avançar na reconstituição além dos traços imprecisos que um bêbado pode evocar, podia ter sido usado para a simulação de um desejo). Examinava Maria e se reassegurava de que ela seria inadequada ao projeto que Derive executava no Hetaira.

Ele olhou quase com ternura a insolência de Maria no sofá, com a confiança restituída na independência dela de qualquer idéia estranha a ela. Podia avançar. Então levantou, pegou uma faca na cozinha e fez um corte no próprio braço.

Maria gritou e teve uma reação histérica, avançou sobre ele e ficou numa curiosa luta, tentando tirar a faca e ao mesmo tempo examinar o ferimento. Ela se atrapalhava nos próprios movimentos descontrolados, porque ele não esboçava reação. De repente, ela o repudiou, como se tivesse sido ofendida, e isso era o que antes de tudo devia ser tratado como conseqüência do gesto dele. O corte sangrava muito mas era superficial. Ele lavou o sangue na pia do banheiro, amarrou uma camiseta no braço e quando voltou à sala Maria já tinha saído. Estava reconfortado: Maria podia ser considerada sem Derive.

*

Essas ofensivas provocavam novas ausências de Maria, mas eram a forma mais segura de tentar equacionar a dupla variante, Maria e Derive. Ainda que em condições críticas, podia ver Maria, mas Derive só deixava ver o que queria que fosse visto: era um objeto de observação que sabia que estava sendo observado. Ele desconfiava que Derive era tão repulsivo que jamais se embriagava ou se entorpecia realmente (ao menos não o suficiente para se expor sem censura), que mantinha a cínica lucidez do cálculo todo o tempo. Essa intuição o fazia sempre contido quando estava com Derive, que de fato estimulava os vícios de todos (prática que, segundo o plano que forneceria material para sua obra, visava além do simples controlar as consciências alteradas e dependentes). Ocasionalmente, Derive mostrava pequenos pedaços de escritos, que depois sempre destruía. Era coerente com a prática de alimentar a expectativa de sua obra a exibição de fragmentos tão pequenos que impossibilitavam qualquer apreciação, como a ínfima lasca de um afresco. Mostrava vez que outra alguns versos, estrofes (uma delas, tinha horror de admitir, ele julgara boa, mas considerava que podia ter sido um acerto fortuito), ou um segmento de enredo. Antes que houvesse tempo de elaboração de qualquer comentário, destruía a amostra na frente do leitor (as amostras que serviram de ilustração para os artigos que o incensavam, apenas mencionadas, tinham sido acompanhadas de uma argumentação, uma justificativa que constituíra o cerne de sua reputação, já que nada havia de transcrição literal do que efetivamente escrevera). Derive deixava essas impressões superficiais e impossíveis de serem confirmadas, destruídas como sinais de pureza. Nada era estabelecido, salvo a sugestão de grandeza. Dizia que aqueles fragmentos eram meros exercícios para atingir o que realmente fosse digno da posteridade. Dizia que escrevia para o futuro e que desdenhava os que divulgavam tudo que produziam (a quem dividia entre ilusionistas e mercadores). Até os mortos Derive vilipendiava (aliás, negava valor a toda e qualquer história, fosse pessoal, coletiva ou artística). A verdadeira arte, dizia ele, tinha uma relação enganosa com o tempo histórico, em essência prescindia dele, estava situada em uma espécie de momento único que era presentificado por cada obra de arte. Essa pretendida relação com a permanência tinha um estranho paralelo. Quando conheceu Derive, achou que aparentava ter em torno de 30 anos. Até morrer, uma década depois, Derive ainda parecia ter em torno de 30 anos, conservando as mesmas feições apesar de doenças crônicas e da vida desregrada. Mas não eram feições imutáveis: elas tinham alterações que nunca se confundiam com as de envelhecimento, eram sutis sinais de uma aberração. Era uma impressão maligna que ele transmitia cada vez com mais eficiência. Impressão que, como numa inesperada confirmação, depois da morte dele fora realçada pela visita da mãe.

Os cadernos que ela trouxe pareciam ter este sinal de autoria, a potência corruptora. Era mais seguro mantê-los fechados. Mas a simples proximidade daquilo já era suficiente para reavivar a origem de Derive, retomar sua existência em função da possível importância na vida de Maria. Impossível evitar a excitação de imaginá-la ali transcrita. Era uma regressão, porque àquela altura Derive tinha descolado desta gênese e era odioso por direito próprio, já tinha atingido um estatuto de horror e repulsão que independia de Maria. Ele testara Maria até poder descolar Maria de Derive. Derive tinha sido gasto até perder poder, tinha mesmo se afirmado como uma decepção, pela falha em cumprir sua expectativa de encontrar nele o amante que representaria todos, que revelaria algo de Maria. Aqueles cadernos, no entanto, reapresentavam e amplificavam Derive. Havia uma afronta no fato dele ter sido nomeado receptor da "obra" de Derive. A surpresa da simples existência dessa obra, que o dominara no recebimento, ia se adensando no medo.

Derive poderia ter mandado entregar não só a prova de sua ligação com Maria, mas a prova de que o tinha degradado de maneira absoluta. Porque não era só Maria que poderia estar nos cadernos: ele também poderia estar lá. Era apavorante pensar que Derive pudesse tê-lo tomado como um daqueles muitos modelos vivos do Hetaira. Não conseguia avaliar até que ponto tinha se exposto e ignorava se tinha sido vítima de alguma armadilha de Derive, até onde fora usado.

Por muito tempo, foi a dúvida o que impediu a destruição dos cadernos de Derive, que ficaram fechados na sua embalagem grosseira, deixada em um canto, até aquele dia que Maria os exumou. Ela não fez qualquer comentário, apenas remexeu na caixa, tirou e abriu os cadernos. Ele observava Maria lendo aquilo e sentia que dali Derive ainda exalava algo nauseabundo que sempre o transtornava (lembrou a noite no Hetaira em que Derive chegou perto quase a ponto de encostar em seu rosto, travando seu braço e lendo de um papel amassado versos tão lamentáveis que sua reação foi cuspir nele. Não sabia precisar se tinha sido uma reação física ou intelectual, nem se a impressão de que havia uma ligação daquele lixo que ele ouviu com Maria era correta). Pensou se Maria não tinha ido ler os cadernos para tentar se identificar no que haveria ali dentro. Pensou se realmente havia indícios suficientes dos verdadeiros desejos de Maria naqueles escritos. Pensou que pose ela teria feito para Derive. E era um exercício falho, que esbarrava na impossibilidade dele conseguir imaginar Maria e Derive juntos (Derive era tão repulsivo que qualquer contato pareceria violar algum irredutível código da espécie).

Havia algo inusitado em ver Maria lendo os cadernos: era o primeiro contato direto que testemunhava dela com Derive. Nunca os vira no mesmo espaço e a ouvira mencionar Derive uma única ocasião, saindo do Hetaira, aonde chegou pela primeira vez seguindo Maria. Era o singular episódio objetivo que tinha, a matriz geradora de todo o resto. Tinha de esgotá-la até a esterilidade. Tinha de lembrar. Naquela noite seguira Maria e a ouvira mencionar a ausência de Derive. Naquela noite em que a seguira até o Hetaira, ela não tinha encontrado Derive, ela o humilhara e voltara para casa dele e ele se satisfez com isso. Naquela noite, ele voltou para casa com ela, ele sentou na sala sem olhar para ela, que transitava seguidamente à sua frente e talvez falasse alguma coisa em que ele não conseguia prestar atenção. Estava concentrado na tentativa de descobrir o que Maria tinha ido procurar naquele lugar, no encontro com aquele homem, com o homem que não encontrara, com Derive. Era insuportável ter todas as possibilidades como viáveis, e ele percorria cada uma com mais ou menos temor, se ocupando naquela sucessão exasperante. Ela tinha ido naquele lugar procurar aquele homem, ou encontrar algo que aquele homem podia fornecer. Algo pontual, talvez. Podia ser que ela nem sequer o conhecesse, que tivesse ido atrás de Derive para transmitir um simples recado de uma amiga, ou outra circunstância desimportante. Podia ser que tivesse ido lá para conhecê-lo, por já ter entrado na área de influência dele, ou podia ser que tivesse ido lá para trepar com ele. Ela não encontrou Derive, ela deixou o Hetaira sabendo que fora seguida, humilhou o seguidor e pegou um táxi com ele e voltou para casa. Ela entrou e se movia na frente dele e devia estar falando alguma coisa, mas ele não ouvia. Ela estava ali e ele levantou e ele a pegou pelo braço e ele estava doente e eles deitaram no chão e ele fez sexo com ela e agora pensava que tinha sido um ato de desprendido amor, como uma forma de compensação por ela não ter encontrado Derive, que ele não sabia quem era e que talvez apenas deitasse com ela. E pensava se Derive teria sentido nojo dela como ele tinha sentido quando dormiram juntos pela primeira vez e como naquele momento sentiu novamente, o que aumentava o mérito de seu amor. Tentava se ater ao amor e tolerar o nojo, e esperar que, caso o outro deitasse com ela, não tolerasse o nojo. Depois, à distância, parecia que o nojo que ele próprio sentia tinha mais chance de prevalecer no outro porque Derive não estava acostumado com ele (a repetição do desagradável o torna mais e mais tolerável, até chegar a um ponto mínimo em que mal é notado). Depois, concluiu que não havia mérito a ser computado, porque era certo que Maria não tinha ido deitar com Derive naquela noite: como constatara no Hetaira, lá havia um único interdito, a aproximação sensual a Derive (em mais de uma oportunidade vira, como uma concessão máxima e desprazerosa, Derive aceitar ser o espectador da masturbação de alguns freqüentadores. Imaginou que esta devia ser a única real consciência de Derive: a da sua pestilência, a da incontornável aversão que provocaria em qualquer um que chegasse perto o suficiente. Por isso a recusa a qualquer contato. A distância era a condição de continuar provocando ilusão e escondendo sua verdadeira condição repugnante, insuportável sobretudo ao próprio Derive). Derive não tinha qualquer contato sexual com ninguém no Hetaira, e Derive não existia fora do Hetaira.

As lembranças todas levavam a uma precária tranqüilidade que pouco resistia à cena de Maria lendo os cadernos. Ela lia e ele observava sua leitura imaginando se ali estava transcrito algo próximo da prática que ele testemunhara no Hetaira, se Derive tinha se permitido a ferocidade do real. Talvez Maria tivesse imaginado outra coisa quando tomou a iniciativa de ler o que Derive deixara escrito, ou não tivesse imaginado nada. Quem sabe ela apenas tivesse aberto os cadernos por puro tédio, uma curiosidade enfadada, como quem folheia uma revista velha numa sala de espera. O que quer que fosse, ela sabia agora o que estava contido ali, sabia alguma coisa cujo conhecimento podia alterar o sentido das ações dela. O impulso que ele tinha de ler os cadernos foi reforçado tanto quanto o de não ler. Já ficava difícil estimar se a fraqueza maior seria imitar Maria e ler os cadernos ou continuar a adiar indefinidamente a leitura (e a alternância de desprezo e medo pelo que poderia encontrar).

Ele sabia que a suposta indecisão era a caricatura da liberdade. Não tinha escolha. Ele ia imitar Maria. Maria lera Derive; logo, ignorar os cadernos depois disso seria permitir que se estabelecesse alguma nova relação entre os dois. Ele ia se imiscuir nessa relação, mas sem parecer que o fazia (outra atitude rasteira que reforçava aquela impressão de flacidez de caráter que de uma forma ou de outra Maria sempre provocava nele). Evitaria a intimidação da presença de Maria e iria se aproximar da obra de Derive à maneira de Derive, exercitando a má-fé (minimizava sua confusão pensando que na verdade fora Maria quem se intrometera numa relação que Derive tentara impor a ele ao mandar a mãe entregar-lhe os cadernos). Pensava que não queria que ela o visse privado de arbítrio. Pensava se ler os cadernos e no mesmo ato imitar Maria e cumprir a vontade de Derive não poderia ser considerado uma irrelevante concessão ao menor, embora se soubesse totalmente indefeso e incapaz de acreditar na própria indulgência. E foi como se houvesse algo de ilícito no seu comportamento que esperou ficar sozinho e, finalmente, abriu os cadernos.

Eram três (o último tendo apenas um quarto das páginas utilizadas), preenchidos com letra miúda, esparsas correções feitas à margem, como se houvesse pouco a merecer retificação. O que encontrou foi uma perversa celebração da cultura em agonia. A quantidade de paráfrases de autores clássicos embalados em formas consagradas era um monumental exercício de erudição, absolutamente estéril. Pensou que não havia por que se surpreender com aquilo, que era algo muito previsível em se tratando de Derive: outra traição. O postulador da obra única tinha predado a história e recorrido a incontáveis exemplares de excelências da arte, mas só produzira a monstruosidade de um aleijão. Conseguia mutilar um número incrível de autores antológicos, como se exibisse sem pudor a degradação básica do espírito, implícita mesmo no que podia ser considerado sua expressão mais elevada. Derive era a queda contida na ascensão.

Na primeira leitura, tudo o que procurou foi Maria, e de Maria não se encontrava traço ali. E ele pensou se Derive não a tinha decepcionado também, como a todos os outros (ninguém do Hetaira, nem ele nem nenhum dos posadores, podia ser reconhecível naquele caos, onde todo personagem trazia como marca de nascença a falsidade de literatices requentadas e pobremente compreendidas, cópia malfeita de uma cópia imperfeita). Ou, talvez, Derive tivesse respeitado Maria, ou simplesmente a ignorara porque ela nunca tinha se prestado a tal exposição. Quem sabe nem sequer a conhecesse. As alternativas o rodeavam como moscas. Mas, qualquer que fosse a explicação, para ele era sobretudo frustrante não a encontrar nos cadernos. Porque, na verdade, nunca pudera determinar os verdadeiros desejos de Maria, e era um alívio amargo não se deparar com eles ali transcritos. Pensou então que, caso Derive conhecesse mesmo os desejos de Maria, aquela ausência dela nos cadernos era antes cumplicidade que traição, porque Maria tinha horror à reprodução. Maria queria morrer sem posteridade, sem prole, sem personagem, sem nada que a substituísse. Não era humildade, era a expressão máxima da arrogância, era não admitir que algo pudesse reproduzi-la, que estivesse à sua altura. Ela se bastava. Trair Maria seria representar sua existência.

Ele ficou remoendo aquele caldo, onde fermentava algo a princípio vago, que foi se avolumando até que ele chegou a formular uma ação tanto redentora quanto subversiva. Quando tomou corpo, aquilo pareceu não ter sido inventado, mas ter estado sempre lá, pronto a dar sentido a tudo: escrever o livro que teria Maria como eixo, criar uma obra digna e atribuí-la a Derive. Seria o melhor antídoto a Derive. E, no mesmo movimento, tornaria Maria apreensível, a moldaria de uma forma que não escapasse seguidamente. A representação com que ele ia trair Maria era uma curiosa infidelidade, porque esse trair seria uma forma de se aproximar de Maria, uma amorosidade que, ainda que na ficção, os ligaria. Mesmo com o perverso adicional de que sua traição implicaria retocar Maria, impor uma imagem menor, limitada, que se tornaria Maria.

Dias depois da primeira leitura dos cadernos retomou seu exame com o gozo desta potência recém-descoberta, mas foi interrompido quando um barulho no hall do elevador o sobressaltou, e ele chegou a levantar para esconder o lixo de Derive, temendo que pudesse ser Maria e que fosse flagrado analisando aquele material. E seu movimento estancou, porque foi naquele instante de solidão envergonhada que pensou compreender por que Derive o tinha designado guardião de sua obra: tinha confiado em seu caráter. Premido pela morte, provavelmente Derive tinha apostado na rigidez de princípios, na integridade e no sentido de responsabilidade de um destinatário que se obrigaria a preservar aqueles escritos e a garantir sua disseminação. No mesmo golpe, ao constrangê-lo a receber os cadernos, Derive o obrigaria a agir contra sua vontade, isto é, o submeteria a ser manipulado por um Derive morto que o chantageava. De pé, com os cadernos na mão, ele experimentou primeiro a alegria de seccionar de vez Maria e Derive: se conhecesse Maria, certamente Derive também o conheceria melhor, e saberia que ela já tinha erodido qualquer ética que ele algum dia sustentara. Depois, experimentou a euforia lamentável de ter enganado Derive, que tinha se fiado em um homem complacente consigo mesmo. O que estivera difuso ou localizado na relação com Maria, que tinha a capacidade de levá-lo ao desespero de fazer coisas ultrajantes, atropelando qualquer princípio, se expandia e se cristalizava. Derive errara ao confiar nele: ele já era um crápula, o que constatava com horror e com a satisfação de ter ludibriado Derive.

Seu plano de reescritura ia incorporando todas essas marcas. Derive tinha tentado ser a síntese degradada de todos os homens notáveis. Ele ia tentar ser um só, o mais abjeto: Derive, aquele que talvez morto tornasse possível reter Maria, transfigurada numa obra. Ele, era certo, usara a convivência com Derive para alimentar um ódio que incomodava mas já tinha se tornado sua doentia e imprescindível referência do absoluto (não podia ser expandido, tinha atingido um ponto extremo intransponível). Mas nada disso era determinante para usar Derive como instrumento de seu projeto. Sobreposto a qualquer mesquinhez, seu plano era muito maior que a mera retaliação a Derive (havia um curioso sentido de grandeza na sua atitude). Na verdade, o que tornava Derive interessante era a possibilidade de referendar a impostura que o caracterizara em vida, travestir de legítimo algo falso e, no mesmo golpe, construir Maria como ela não era, mas ele a faria ser. A Maria que poderia ser amada sem esperas, sem surpresas. Ia aproveitar a expectativa que Derive criara, a que Maria criara, e forjar uma nova identidade para os dois. Seu projeto encontrava uma base válida para ser executado: percebeu que o que havia de aproveitável em Derive era a crônica de uma vida capaz de sustentar uma obra. E não ia desperdiçá-la. Escrever uma obra legítima para Derive era um projeto que podia ser embasado em uma biografia. Não havia ali nenhuma consideração artística. Era apenas a coincidência de Derive com a exigência de sua época: Derive era verossímil. Talvez houvesse uma perspectiva deformante que alcançasse ele próprio no início do seu plano (reconhecia um misto de crueldade, ironia e rancor), mas havia quase um entusiasmo ao listar tudo que poderia corroborar o simulacro que era Derive.

Derive era uma coleção de equívocos que não raro o excediam. Seu nome real, Talmineide Derivera Oliveira, era exemplar daquelas tentativas dos miseráveis totais de legar ao filho algo de inalienável, um nome único como uma sina. Talmineide Derivera Oliveira se apresentava Talma Derive, a corrupção deste destino, o que era apenas uma das traições de Derive. Ele renegava qualquer sentido de família, de classe, de influências artísticas. Como que cansado de vícios, pretendia não ter ascendências, se apresentava o indivíduo inaugural de uma humanidade nova. O descarte de tudo eliminava o compromisso com qualquer coisa que ele próprio não fundasse a legitimação. Derive era um ficcionista de si mesmo. Tudo nele e dele era falso, desde a propalada (na intimidade) homenagem que sua mãe supostamente fizera a Diego Rivera ao registrá-lo. O nome artístico adotado conservaria uma irônica referência a essa ingênua intenção e ao ridículo da ignorância da mãe, que grafara o nome do artista mexicano como ouvira, Derivera, juntando o som da inicial com o sobrenome. Era também o estabelecimento de uma nova sina sobre a qual Derive, criador e criatura, deteria total poder. A condição de maldito e o episódio que resultara no corrompido nome do artista mexicano que recebeu poderiam ser usados para sugerir a inclinação e o rumo tomado por Derive na arte. O que absolutamente não era verdade, mas funcionaria lindamente num texto introdutório que tivesse pretensões acadêmicas. Afirmar o fortuito ou a falta de relação entre os termos é sinal de pouca qualidade intelectual. A vida marginal, as drogas, o devasso séquito, a obscuridade, a morte precoce, tudo contribuiria para fazer Derive um personagem consumível, uma personalidade atraente. E sua genialidade seria apontada nas relações do "artista" com um movimento mais abrangente, então ilegível, a que ele teria dado sentido e expressão (a história é muito freqüentemente a póstuma promiscuidade da cultura com o intérprete). Recorreu a tudo isso sem escrúpulo ao iniciar a execução de seu projeto. No longo ensaio que compôs expunha a condição de Derive, que permitia apresentar sua obra como natural e inevitável. Depois, desenvolveu uma minuciosa e extensa "análise" da obra, onde dissecou e explicou seus símbolos e elementos (havia um aspecto odioso nas palavras, ostentavam a ambigüidade que permitia que fossem usadas para sustentar qualquer coisa: uma espécie de travestismo fazia com que tomassem o lugar do que se quisesse, inclusive de outras palavras). Foi um resumo deste ensaio que, publicado, consolidou e passou a fundamentar a reputação de Derive. Então começou sua intervenção no texto dos cadernos. Planejou uma estrutura simétrica, sendo que a primeira parte preservaria as citações deturpadas de Derive. Ele fez inserções sutis nesse material, costurando os sucessivos desvios sem progressão do texto, como trilhas abandonadas porque não conduziam a lugar nenhum. Estava bem explicado no ensaio que essa parte caracterizava o homem frustrado ao tentar escapar da matéria bruta do mundo, seguidamente confrontado com a inutilidade de sua ação. Maria iria ocupar a segunda metade, servindo de condução à idéia consoladora (quase cristã, ele sabia) de que a beleza está além do horror. Tinha completado a primeira parte com debochada rapidez, mas a partir daí avançou cada vez com mais lentidão, como se a impostura perdesse sua graça e, principalmente, porque o plano esbarrava na sua incompetência em configurar Maria como alternativa ao vazio e à confusão. Depois de se esgotar em inúmeras tentativas, ficou evidente que a perpetuação de Maria ainda não tinha encontrado seu canal adequado. Representar Maria daquela maneira parecia acirrar a angústia, não aliviava nem resolvia qualquer impasse.

Àquela altura, depois de meses de esforço, depois de haver criado a justificativa da obra de Derive, tudo que tinha era o vestígio da autoria do outro, a primeira parte da reescritura que preservava o que havia nos cadernos. Pensava que sua empreitada tinha começado com uma falsa leveza, a grande brincadeira e o prazer de ter Derive à sua mercê, e o resultado se perdia porque antes de tudo ele insistia em aproveitar o que lhe fora entregue, porque ainda uma espécie de perverso dever o atacava e um pudor o fazia preservar o outro (o resíduo ainda revestia sua canalhice, impondo a manutenção de algum respeito até diante do repugnante). E percebeu que conservar algo dos cadernos acabava levando a outras similaridades e que, na verdade, estava reproduzindo Derive, o que de um lado o eximia de se considerar um completo fraudador, mas frustrava seu projeto. Repetir o embuste era uma maneira de ser leal a Derive. Crescia a convicção de que era isso que criava sua própria resistência a colocar Maria para redimir aquela escrita contaminada. Tinha de livrar-se de Derive se quisesse escrever a obra de Derive, se quisesse compor Maria.

Recomeçou. Jogou fora tudo o que tinha feito e retomou escrevendo um tipo de prefácio no qual colocava o próprio

Derive como narrador da obra. No texto, Derive se apresentava como um trágico que descobre no mesmo percurso de questionamento tanto a impossibilidade da utopia quanto a necessidade de postular a utopia. A realidade só provocava o assombro, e imaginar um outro lugar possível era uma forma de sobreviver nesse estado de perplexidade. Esse discurso podia ser sobreposto ao ensaio que já havia publicado para justificar a descartada primeira versão da obra sem maiores problemas. O cinismo o estimulava: a manipulação de símbolos, o estabelecimento de recorrências e paralelismos permitiam que ele sustentasse a mesma análise para duas obras diferentes. Mas o entusiasmo se esgotou aí. Já não se divertia tanto com a manipulação de Derive. Por vezes tinha mesmo de forçar o trabalho de avançar na estrutura que concebeu como esboço do novo projeto: um texto híbrido dividido em três partes, com formas sempre mutáveis. A primeira parte da obra trataria da insondável atividade da natureza, a infindável geração e corrupção de todas as coisas, expressa na forma: cada bloco de texto era deformado pelo seguinte. O procedimento era a repetição de um texto com pequenas modificações ou adições que alteravam seu sentido, e de novo, e de novo (a gênese "a terra estava informe e vazia e as trevas encobriam a face do abismo" era desenvolvida descrevendo a sucessiva criação de todas as coisas, e, a cada uma, a narrativa prosseguia com a sua inexorável destruição). A segunda parte, quase ensaística, tratava do impulso de encontrar uma força incorruptível, era sobre o amor. Na terceira, em prosa poética, Maria representaria o ideal desse encontro com a permanência, este ponto descolado do fluxo de todas as coisas, o repouso. Para escapar do impasse da primeira versão, ele introduziu outro personagem, o amante que balizaria Maria. Mas ao escrever ele parecia incapaz de ter controle sobre o texto, que ia invariavelmente degradando Maria até identificá-la com o motor destrutivo. A introdução de outro personagem só tornou a idealização mais distante (o amante acabava se aniquilando na tentativa de ser outro para se tornar amável, e a amada tentava livrar-se do amor destruindo o que havia de amável nela própria). Ao desenvolver a relação dos dois personagens, a descaracterização os tornava irreconhecíveis. Pensou que, afinal, encontrava a marca da experiência, porque reconhecia naquela escrita suas próprias reações radicais provocadas por Maria. Essa extensão ao limite parecia ser o território inevitável dela. Era como se o paroxismo fosse o único caminho possível com ela e essa característica impregnasse qualquer representação de Maria. A ficção resistia à sua vivência de Maria. De fato, era freqüente chegar a extremos surpreendentes com ela, principalmente quando tentava fazer com que entendesse como as coisas o atingiam. No entanto, tudo que o agredia parecia sem concretude para Maria. Especialmente quando a origem era a própria Maria. Ela nunca se lembrava de nenhum ato que tivesse cometido merecedor de reparo ou lamento. Tinha uma expressão quase atônita quando confrontada com qualquer participação na dor dele, era como se ele se auto-agredisse gratuitamente. Fazia sempre parecer que a indignação dele era incompreensível, e que a insistência em reapresentar suas absurdas causas era um tipo de demência. E, na tentativa de fazer com que Maria o considerasse, ele ia aumentando a crueldade com que a tratava até pouco se reconhecer. Em algum ponto, desenvolveu uma curiosidade quase científica em saber até onde ela agüentaria. Nunca, no entanto, conseguiu atingir o limite dela. O que ele interpretou como falta de sensibilidade ou deficiência na formação da consciência, refletiu, talvez fosse apenas uma capacidade infinita para a humilhação. Gostaria de ser como ela. De ter essa sórdida virtude de suportar qualquer rebaixamento.

Essas características de Maria pareciam se acumular formando inusitadas barreiras que acabavam se traduzindo na incapacidade em retratá-la, o que era insuportável. Retomava o texto e reescrevia e Maria continuava escapando. O manuscrito insistia naquele ponto, não como final, mas como fracasso. Era como se a desordem de Derive continuasse imperando e rejeitando Maria como sua musa não nomeada. Mas Derive nem existia, era Maria que não tinha a capacidade de se resumir à clareza de uma musa. Maria era tão impositiva que não havia como transformá-la em outra coisa. E Maria não era verossímil. Não havia como continuar o livro e não havia como refazer o que já estava feito. Passou a manter o manuscrito sobre a mesa, ao lado dos cadernos de Derive, esperando que Maria tivesse a iniciativa de ler o que ele escrevera e sua reação pudesse ser interpretada, que fosse a indicação de como concluir o que estava começado. Mas, disto tinha certeza, Maria jamais tocou no manuscrito. Pensou então que, na impossibilidade de Maria ser identificável e inequívoca como exigia uma lírica musa, poderia tentar torná-la tal. O que exigia o fim do modelo real e sua efetiva substituição pelo modelo artístico. Precisava se livrar de Maria para poder fixar Maria. Quando ela morreu, chegou a pensar se realmente ele não tinha algo a ver com essa morte. Porque, era uma idéia que se impunha, a morte de Maria podia ser ligada à intenção de seu texto. Matá-la (e liberar a Maria ficcional), combinado a seu próprio aniquilamento, era a condição de Derive ter uma obra digna da pretensão de posteridade. Mortos são manipuláveis e se prestam a qualquer papel, podem contribuir com um mínimo de credibilidade às intenções de seus apropriadores. Quer dizer, aquela situação cabia exatamente como alternativa para solucionar o impasse e preservar a arquitetura do poema em prosa que tinha criado. No entanto, sabia, aquilo era uma reincidência viciosa, e a idéia de matar Maria apenas evidenciava sua incapacidade em aprender algo da primeira vez em que Maria o fizera experimentar a possibilidade da morte dela.

A frustrada morte de Maria que primeiro o afetara tinha apenas antecipado sua reação aversiva ao cadáver dela. Anos antes, uma rara doença fizera Maria passar por uma longa agonia. Ele permanecera a seu lado no hospital por muito tempo. Rezava, fazia promessas. Tinha horror da própria covardia, mas rezava e fazia promessas. No entanto, estava feliz. Ninguém sabia da doença de Maria, ele e ela estavam juntos sem interferências. Aquela vida em comum persistiu até que, como uma seqüela, essa felicidade foi sendo atingida e se transformou pela própria permanência de suas condições. Com o tempo repetitivo passou a parecer que Maria agonizava intencionalmente, que o anestesiava e, com uma espécie de inconsciência aterradora, o fazia agir sem prestar atenção ao que rezava e prometia. Sustentava apenas o horror da própria covardia. Como uma bravata, abandonou de vez essa prática de invocador de socorro e tentou exercer outra função, que acabou por se cristalizar na repressão de súbitos movimentos descontrolados de Maria agonizante — potencialmente perigosos — e, durante a calmaria, na aferição da vida. Porque, às vezes, ela delirava e agitava-se, se debatia com tal violência que ele temia o risco dela se ferir. Ou, o pior: ficava anormalmente quieta, a ponto dele duvidar que ainda estivesse viva. Alternava o travar de membros e cabeça dela — como um ritual de exorcismo de algum demônio que a tivesse tomado — com a checagem de sinais vitais. Aproximava seu rosto tentando sentir a respiração. Punha a mão no peito dela, em busca de um indício de vida. Por vezes Maria chegava a parecer serena, para em seguida cair novamente em delírio. O tempo passava nessa rotina: ele cumprindo sua função, ela na agonia. Já não tinha prazer algum naquela convivência, ansiava por uma alteração, mas Maria não melhorava e Maria não morria. Insistia naquela vida que já se resumia àquele tipo de soluço e estremecimentos. Sem alterar seu comportamento, ele via irromper lembranças que associavam o estado atual com o que classificava de encenações canhestras de Maria quando queria dirigir a conduta dele. O primarismo de Maria ao simular estados enganosos, sempre exagerada, pouco crível, quase ridícula e odiosamente eficiente. Apesar da impaciência e irritação crescentes, ele cumpria sua função. Continuava a travar movimentos abruptos, punha a mão em seu peito, aproximava o rosto para sentir a respiração, mas então já pensava: "Por que não morre?" Cumpria sua função e pensava: “Por que não morre?” Mais que revolta, desenvolveu repugnância por aquela vida estendida além do razoável, justificada pela insistência dele em pôr a mão em seu peito e aproximar o rosto para sentir a respiração, que parecia legitimar a exigência dela em persistir no mundo.

Chegou a considerar que, talvez, ele atrapalhasse, que apenas estava prolongando o sofrimento dela. Que Maria pudesse precisar da solidão para morrer. Era uma idéia acalentadora, que permitiria que ele se afastasse como se estivesse executando um ato amoroso. Na verdade, tinha medo que ela estivesse tentando transmitir algum tipo de eternidade. Suspeitava ter sido momentaneamente enganado pela fragilidade dela conferida pela doença. E que o sofrimento que presenciara, se tinha algum sentido, era a afirmação de uma voracidade que se manifestava cada vez maior. Teve a sensação de que não era um companheiro para ela, era uma fonte de alimento de algo solidamente pérfido. Saía daquelas sessões com Maria exaurido, sugado. Apesar do impulso em abandoná-la, resistiu na esperança de encontrar algum sinal de dignidade de Maria, alguma demonstração de que aquela vida tinha alguma valia além de sua própria perpetuação. Jamais ela enviara o sinal e ele apenas se conformou com aquele estado, com a perseverança de Maria. Até que ela talvez tenha se cansado também, porque retornou à consciência anterior como se não houvesse existido aquele hiato. Ela emergiu do torpor pondo fim àquela vida em comum sem lembrar de nada daquele período. Nem do sofrimento, nem da dedicação dele, nem dos dois sozinhos sem interferências. Não foi feliz com ele nem sofreu com a ansiedade dele para que ela morresse. Para ela, nada disso acontecera. De certa maneira, para ele o rancor prevaleceu sobre a vivência, porque anos depois ressurgia a idéia de que pudesse ter algum conforto com a morte dela.

Maria retornou à vida, sem que nenhum indício daquela experiência de morte pudesse ser detectado em seu comportamento. Anos depois, morreu num táxi sem, pensava ele, ter jamais acreditado realmente na sua finitude. E ele agora considerava que, mesmo que fosse um dos responsáveis por aquela morte, a estratégia era falha, e a prova era que o manuscrito continuava incompleto. Nada fora acrescentado depois da morte de Maria. Na verdade, desde antes da morte de Maria. Quando ela morreu, ele já se debatia com a esterilidade. Teve, sim, aquela expectativa com a extinção dela, a de que essa alteração real desencadeasse a continuidade da ficção que havia tanto tempo tentava elaborar. Mas não conseguia sentir nem a dor dessa morte, que nenhum efeito apresentava para alterar o que já tinha escrito ou possibilitar a continuidade do que estava estagnado. Maria morta ainda era um personagem incontrolável, insistia em não se enquadrar em nenhuma elaborada lógica, continuava imprópria a uma narrativa, e o pouco que ele chegara a esboçar parecia insustentável. Nem havia o que esperar de uma nova revisão: a visita ao marido dela tinha recolocado a figura de Maria na desordem que sempre o transtornara. Era possível que Nehebkau a tivesse tornado para sempre irreconhecível.

*

Pôs a mão sobre a página enrugada de seu manuscrito aberto, sobre aquela interrupção, sobre a impossibilidade. Depois, procurou no bolso, sabendo que não ia encontrar o anel de Maria, e surpreso por não encontrar o anel de Maria. Não tinha nada para colocar no lugar, tinha apenas a imagem do marido de Maria girando o anel no dedo e louvando Nehebkau, "que nunca está sozinho". Então pegou os cadernos de Derive novamente, sem abrir. Em alguma página ali estava escrito "Nehebkau". Lembrava que ao se deparar pela primeira vez com esse nome tinha-o listado como mais um item na coleção de ingenuidades de Derive, a tentativa do exotismo na invenção de um nome que evocava orientes. Agora sabia que aquilo não fora inventado, que se referia a alguém (ou algo) que ele desconhecia, mas que tanto Derive quanto o marido de Maria — e talvez também Maria — conheciam. Isso o colocava na ponta de baixo da escala, como um escravo que perpetuava sua escravidão na ignorância. Antes de reabrir os cadernos deteve-se na pesquisa de "Nehebkau". Começou procurando referências na sua velha enciclopédia de juventude e foi percorrendo verbetes até ser orientado pela progressão investigativa à mitologia. Nehebkau: "aquele que se aproveita das almas", encontrou diluído em um verbete que lhe fornecia novas indicações de procura. Foi no capítulo dedicado à mitologia do antigo Egito que leu mais detalhes sobre um ser que habitava águas primordiais chamado Nehebkau, o guardião da entrada do mundo subterrâneo, aquele que dava comida aos mortos. Nehebkau era também um símbolo da força de transmutação do caos, representado por uma serpente de duas cabeças. Havia uma ilustração no pé da página, pequena, colorida.

O anel que Maria nunca tirava e que ele sempre achara grosseiro, a jóia grande demais para sua mão porque fora feita para o marido dela trazia uma serpente de duas cabeças lavrada em ouro, com brilhantes e rubis. Que representava Nehebkau, que fazia parte dos escritos de Derive. Já tinha percorrido tantas vezes os cadernos de Derive que podia precisar onde este nome aparecia. Mas fez questão de ler tudo novamente, e ficou desconcertado porque o que havia de incompreensível no texto de Derive parecia desta vez ser devido a uma deficiência sua. Era como se não pudesse mais confiar na sua capacidade de leitura. Sentia-se como um aluno de língua estrangeira tentando decifrar uma obra dispondo de um vocabulário parco e apenas rudimentos de gramática. Avançou penosamente até chegar ao trecho onde Derive nomeava um personagem pontual, Nehebkau, que entrava na trama de maneira aparentemente aleatória (era sempre com ironia que se referia àquela seqüência de situações que mal se encadeavam elaborada por Derive como uma trama, embora agora já não estivesse tão seguro de sua capacidade de julgamento). Tudo que conseguia constatar de imediato era a evidente mudança de ritmo no texto e uma aglutinação de personagens que não tinham nenhuma afinidade anterior estabelecida. A nova estatura que ganhava Nehebkau, essa liga, reverberava por todo o resto. Havia uma multidão nomeada por Derive naqueles escritos que até então ele tinha julgado irrelevante. Era aterradora a possibilidade de que nada ali fosse fortuito, que tivesse uma referência e um propósito além do que ele tinha conseguido captar.

Tentou recuperar a expressão de Nehebkau na fala do marido de Maria. Não lembrava de muita coisa do que o outro tinha dito durante o encontro que tiveram, não lembrava o suficiente para dispor de um conjunto coerente, deduzir uma intenção do discurso. Só conseguira se concentrar em falas esparsas, insuficientes para compor algo objetivo, extrair um sentido daquilo tudo, além da imprecisa sensação de perigo que ia aumentando. Era como se ele fosse sendo encurralado e só agora percebesse que tinha entrado voluntariamente em uma armadilha, que havia muito estava em meio a um jogo sem saber, e que se descobria nele como o único dos jogadores ainda capaz de jogar, mas não sabia como jogar. Não conseguia detectar o que organizava aquilo tudo. As coisas pareciam se ligar de forma totalmente gratuita, cada uma sem ter relação efetiva com as outras. Tudo ainda se mostrava arbitrário, mas agora ele lidava com a suspeita de que existia uma ordem cuja ignorância era o que o impedia de descobrir o significado das coisas e as ligações corretas.

Julgava por vezes identificar indícios de que existia um significado mais sutil, o que só o afundava mais na confusão. A coincidência, por exemplo, que o fizera ter certeza do ponto ideal para começar a seguir as pistas de decifração de Nehebkau: na enciclopédia que o acompanhava desde a infância, porque vira que existia um exemplar da mesma edição na biblioteca do marido de Maria. Era inusitado encontrar alguém mais que tivesse conservado uma obra como aquela, tão desimportante, sem nada de notável, indistinção a que o tempo agregou inutilidade. Nem sabia por que ele próprio tinha conservado aquilo, dezessete tomos praticamente esquecidos, mas que apresentavam velhos e severos sinais de manuseio. Provavelmente fora por um particular senso de afetividade, porque durante um longo período aqueles foram os únicos livros de que dispunha. Impossível precisar quanto tempo se ocupara consultando a enciclopédia para ter deixado aquelas marcas. Tinha sido uma atividade constante durante muitos anos de sua juventude. Aqueles livros foram sobretudo o centro de sua ingênua confiança no saber, a segurança de que era possível decifrar qualquer coisa. Às vezes atribuía à sua própria inépcia o não encontrar ali a explicação para algo que não compreendia, e acreditava que qualquer obscuridade do mundo só persistia devido à sua incapacidade de decifrar o código que regia aqueles verbetes (mais tarde, quando teve de admitir a irredutível opacidade de tudo, a idéia de objetividade permaneceu ligada a um certo infantilismo). Agora, depois de tanto tempo, ao folhear aqueles volumes há muito abandonados, ficou perplexo com a quantidade de conhecimento ultrapassado que continham. Quase tudo ali pressuposto tinha sido revogado. O fato é que fora ali que encontrara Nehebkau, na mesma enciclopédia obsoleta que o marido de Maria mantinha em sua biblioteca. Era provável que tivesse saído dali o modelo para o anel feito para o marido, mas que era Maria que usava (e cujo desenho coincidia até nas cores com a ilustração do livro). Imaginava mesmo que era possível que aquele inventário de personagens nos cadernos tivesse sua origem também na biblioteca do marido, e que fossem uma encomenda dele ou, pior, um presente a ele. E, talvez, o fato da mãe de Derive não ter entregado os cadernos diretamente ao marido de

Maria pudesse significar que haviam decidido agregar valor ao material com a humilhação deste primeiro leitor, cuja idiotia não reconheceria aquela forma de aviltamento. Mas que confirmaria sua vileza com a mera aceitação da obra.

Evocou a imagem do anel. E pensou que era possível que naquela noite em que ele seguira Maria até o Hetaira ela tivesse ido mostrar o anel a Derive. Pensou que ele próprio, ao se expor a Derive, tivesse franqueado sua inclusão nessa rede. Que se estreitou quando ele recebeu os cadernos que podiam ser rastreados até uma enciclopédia que já não encerrava quase nenhum saber legítimo. E que o destinatário final, aquele outro leitor, o marido moribundo, era o último ser de quem poderia esperar qualquer cumplicidade. Ele estava sozinho. Derive estava morto, Maria estava morta, não havia com quem compartilhar nada. Pensou que havia uma beleza primordial em Nehebkau, aquela monstruosidade que nunca estava só. Era uma condição superior, e sentiu quase carinho por Nehebkau, vontade de ser incluído entre os que recebiam seus cuidados. Vontade de se ligar a alguém que o acolheria como parte de alguma coisa. Mas era como um marginal, inapto para se integrar. Havia uma ordem que o excluía. Uma ordem que era um poder, do qual talvez pudesse escolher participar ou enfrentar se ao menos o entendesse, e cuja expressão mais objetiva eram os cadernos de Derive.

Voltou aos cadernos, tentando identificar mais uma vez o que orientava aqueles escritos. Podia mapear a maior parte das citações, rastrear o material original que Derive havia deformado. E percebeu algo mais naquilo que resultava daquelas apropriações: Derive não se confundia com a usual multidão de imitadores que cada grande obra produz. O que fazia era macerar cada procedimento poético ou estilo até que estes apresentassem sinais de corrupção. Os retalhos que Derive agrupou se sucediam sem respeito por qualquer idéia de progressão, mas como que forçados pela própria fragilidade a serem abandonados, como se não fossem apoios firmes. Derive ia passando por todos movido pela insuficiência a que reduzia cada um, e os tornava quase irreconhecíveis. A substituição das formas parecia ser o próprio conteúdo. Elas conviviam como partes de um mesmo corpo em degeneração. Cada mudança era como uma tentativa de sanidade que se perdia, inútil como as outras. Havia blocos de texto numerados, como pistas falsas de ordenação de um épico que louvasse a debilidade. Narradores surgiam, desapareciam, personagens em profusão pareciam substituir uns aos outros sem que a mínima conexão se estabelecesse, versos e ritmos sem intervalo eram abandonados em favor da prosa, que do tom confessional passava ao ensaístico e resvalava para a crônica, por vezes entremeados pelo que pareciam ser rubricas teatrais com indicações de cena e diálogos interrompidos abruptamente sem que protagonistas ou tema chegassem a se delinear.

Lembrou do dia em que Derive disse que "arte é trauma". Pensou na hora que Derive se referia à possibilidade de introjeção da arte, cujo impacto funcionaria espontaneamente em cada um exposto a ela sem que fosse necessário ter a consciência dessa atuação. Agora via algo doentio referido ali, o trauma como a violência que devia interferir em uma matéria a ponto de deformá-la. Para Derive, havia uma urgência na ação, era intolerável dispor do tempo para contemplação. "As consciências devem ser formadas por golpes, não por argumentos", disse uma vez. O melhor homem não ia pensar, mas reagir. Derive afirmava que esta era a nova sensibilidade que devia ser criada. Meses depois da morte de Derive, o Hetaira sofreu um incêndio devastador. A mãe já havia entregado os cadernos de Derive a ele, que nem se interessou em acompanhar a apuração das causas que provocaram o fogo, com o saldo final de vários mortos, feridos e o fechamento definitivo do Hetaira. Na época não chegou a avaliar a coerência absoluta desse destino. A violência que irrompia de diversas formas com cada vez mais freqüência e intensidade no Hetaira parecia completar o quadro proposto por Derive. As consciências se aniquilavam, não resistiam aos golpes. Os mesmos golpes que Derive aplicava no material de sua obra. Começou a ver uma coerência em Derive, nas coisas que promovia e, talvez, tivesse transcrito.

Releu uma vez mais os cadernos. Ainda que prosseguisse claudicante no entendimento, pôde perceber o movimento do texto que preparava a aparição de Nehebkau, e a transformação que se seguia na costura dos retalhos, toda aquela cultura morta. Todos os personagens de Derive eram recriações de mortos. Havia um esgotamento de qualquer coisa vital e a aparição de Nehebkau criava uma interrupção naquela seqüência e agrupava os mortos num espaço sem tempo, onde não era mais possível nada acontecer além do prolongamento daquele estado agônico, pois esse era o verdadeiro estado daqueles mortos. Derive descrevia sua jornada até que finalmente encontravam um guia, aquele capaz de interceder.

Porque já não podiam contar com eles mesmos, estavam todos dependentes da ação daquele ser até para se alimentarem, para se sustentarem na morte. A única alternativa a Nehebkau era a extinção absoluta.

Então aquele texto ficou subjugado porque um surpreendente sentimento se impôs. O que ele experimentava era um conforto singular ao imaginar que ele próprio já se confundia com Nehebkau, porque era o responsável pelos mortos. Derive, Maria e talvez mesmo o marido de Maria dependiam dele. E se entregou à tentação de imaginar que Maria se esforçara em o envolver naquilo tudo para tentar mantê-lo para sempre perto dela. O recebimento dos cadernos, a compulsória inclusão dele como receptor daquelas mortes, teria sido planejada por Maria como uma forma de se conservar ligada a ele. Ela queria estar sob seu eterno cuidado, ela o elegeu guardião. Ele descolou da leitura dos cadernos porque havia um amor expresso ali, implícito na própria origem do texto e que ia muito além dele. Segurava os cadernos com força, como se pudesse fazer absorver aquele sentido, mas tudo começou a escapar. Voltou a lembrar que era provável que Maria tivesse apresentado Derive a Nehebkau. Maria, a que usava sempre o anel que representava Nehebkau feito para o marido. E no lugar do conforto veio a agitação de uma lucidez doentia, e a idéia de que era possível que Maria o tivesse enredado para garantir sua tutela porque sabia que já estava morta. Era a coisa mais próxima de um sentido deste culto a Nehebkau: Maria já se sabia morta (por isso a confiança que não poderia mais morrer, o desprezo pela experiência de confronto com a finitude). Herdou o anel e a consciência da morte do marido. E na morte sempre se está sozinho. Como ela sempre esteve. Esta, enfim, teria sido a verdadeira traição de Maria: fazê-lo acreditar que com ele poderia não estar só. Que ainda havia vida e que era possível estarem juntos. Se assim realmente fosse, ele tinha passado boa parte da sua vida tentando atingir uma morta, que já não podia alterar nem partilhar sua agonia, apenas estendê-la com ele. Por isso, talvez, a dor não viesse: porque a morte não significara mudança do estado dela, o que, de uma maneira intuitiva, ele já devia saber. Sentiu raiva de si mesmo, sentiu raiva de Maria, o que era uma forma de dor, ainda que insuficiente. Sentiu raiva, principalmente, da turvação que ela apresentava. Maria se diluía, ele não conseguia mais retê-la.

*

Largou os cadernos e deitou no chão ao lado da escrivaninha. Sentia uma dor aguda na base da nuca que se estendia pelas costas e tinha de mantê-las arqueadas para suportar a posição. Não dormia havia tanto tempo que já tinha se familiarizado com a idéia de nunca mais escapar da vigília, de persistir naquele estado de exaustão sem condições de reagir. Queria levantar e pegar uma bebida, mas seu corpo se acomodara e tinha medo da dor que pressentia em qualquer movimento. Olhava o teto branco e a luz provocava a impressão de que havia ondulações da cor e da textura. O dedo infeccionado da mão estava como anestesiado, embora o sentisse muito maior do que o normal, sensação que foi se disseminando por todo o corpo. Não tentava deduzir nada, recebia as impressões sem crítica, apenas aceitava que era assim. Sentia que seu corpo se expandia doentiamente em uma posição não natural e percebia o movimento do branco no teto. A dor no quadril pareceu coincidir com recortes negros que desenhavam uma perspectiva anormal da janela, e percebeu que havia dormido, porque a dor e a luz mudaram. O peso também. Sentia-se infinitamente mais denso, como solidificado, e o estímulo a tentar alterar a situação com alguma forma de movimento era a imundície que percebia em si mesmo. O cheiro das roupas encardidas, o gosto da boca, o cabelo endurecido, as mãos constrangedoras de feiúra e negligência o fizeram levantar como se desse um bote. Tinha medo de morrer naquele estado, de ser encontrado como um porco. Tirou todas as roupas na cozinha, jogou no lixo e foi para o chuveiro. Lavou-se meticulosamente, e uma segunda vez e uma terceira. O espelho do banheiro estava embaçado quando escovou os dentes com um vigor que fez sangrar as gengivas. Foi para o quarto e percorreu nu infinitas vezes a exígua trilha entre a janela aberta e a porta. Gostaria de imaginar que Maria tinha razão e que alguém o via, o que tornava cada movimento seu cuidadosamente estudado. Estudava cada movimento, mas não conseguia acreditar que alguém o observava. Sentou na cama e cortou as unhas das mãos e dos pés. Lamentou ainda conservar a sensação de que ninguém o via. Não importava. O desperdício de sua exibição era uma ocupação válida do tempo. Sem Maria, tudo eram estratégias gastas, não era possível reproduzir os significados criados por ela. Isso não era um sentimento reconfortante (a impotência raramente é), mas podia se resignar. Sem que ninguém o visse levantou e engoliu a saliva ainda com gosto do sangue das gengivas. Estava vivo e podia ser encontrado sem parecer um porco. Mais autônomo do que com Maria, mais ciente dos parcos efeitos que podia produzir. Com ela se ocupara de coisas que por uma percepção equívoca, um efeito ilusionista, pareciam funcionar, mas que agora se revelavam inúteis, mais reais. A morte física de Maria diminuíra sua ignorância, tinha adquirido uma sabedoria que o fazia repetir as ações sem esperar nada delas, por nostalgia e por temer a imobilidade absoluta, que enfim alcançou. Então pareceu estar alijado do tempo. Era como se novamente saísse do meio em que a transformação fosse possível e todas as possibilidades de mudança estivessem esgotadas. Quer dizer, nada do que fazia tinha potencial de provocar alguma diferença e a única certeza era de que parar seria um erro, precisava continuar a fazer: a inutilidade de qualquer ação só tinha como contraponto o continuar a agir.

A claridade tinha aumentado a ponto dele ter de semicerrar os olhos, e a pele ardia do sol a que estivera exposto frente à janela, e que continuava a queimar com uma força inusitada naquele final de tarde. Era um sofrimento que se prolongava, como se não pudesse mais interrompê-lo. Da mesma forma que não podia mais interromper a história da morte de Maria, de sua traição, de sempre ter sabido que jamais estariam juntos. Então o próprio nome dela soou estranho, como que descolado de qualquer imagem. E a imagem já resistia a ser evocada. Maria perdia os traços mínimos que ainda poderiam configurá-la. Saiu da janela num movimento que era quase a teimosia da ação, sem esperança: o que havia de mais premente era se livrar da sensação de sujeira, que voltava. Agora, no entanto, ela vinha como que provocada pelo ambiente, que acumulava uma crosta, sedimento de tantas coisas infectas que pareciam inchar a ponto dele experimentar a ameaça de ser incorporado a elas. E pensou que aquilo era também o que fazia Maria sumir, e sentia que, se quisesse evitar que ela desaparecesse definitivamente, precisava tentar reencontrá-la naquelas coisas que a imundície enterrava. Precisava limpar. Tinha de recuperar as coisas de Maria, evitar que a sujeira a fizesse escapar de vez.

Havia uma energia urgente na forma como ele começou a remexer tudo, com desrespeito, quase violência. Livros, quadros, luminárias, manuscritos, fotos, cartas, roupas, tudo arrancado do lugar e amontoado no centro de sala e quartos. Então promoveu a assepsia de armários, estantes, mesas, gavetas. Encontrou camadas de sujeira que teve de enfrentar com vigor descontrolado (em alguns lugares a crosta saía junto com pedaços de madeira dos móveis). Quando terminou com a mobília, passou a limpar e guardar cada objeto, até que afinal chegou à pilha com as coisas de Maria. Estancou, intimidado diante daquilo tudo tão conhecido e no entanto diferente. Tremia, e se aproximou com solenidade (já apresentava quase que uma reverência frente ao que estava ligado a ela: a morte dela crescia). Mas se havia alguma chance de encontrar algo que ainda negasse a traição de Maria e restituísse ao menos a dúvida à sua imagem, era naquele acervo, que devia profanar. Reunidas sem hierarquia no meio do quarto estavam as coisas relativas a Maria que ele preservou, as que ela deixou na casa dele e as que encontrou ou recebeu depois da morte dela. Enfrentou primeiro as fotos, tantas e tão inúteis, tão inverossímeis. Por vezes reconhecia a paisagem atrás da imagem sempre estranhamente adulterada de Maria, e eram lugares cuja associação de maneira inevitável o levava a algo ruim, à lembrança de algum sofrimento. Mas não havia surpresas ali, eram dores reconhecíveis, reconfortantes. As fotos ocuparam todas as gavetas da velha cômoda. Algumas ficaram para serem guardadas depois, porque a sujeira e o mofo que as cobriam exigiram uma limpeza úmida, e elas ficaram secando junto à janela. Não conseguiu selecionar nada: as fotos fora de foco, as com parte da composição cortada, as com a medição de luz errada, as duplicadas, todas foram conservadas. Lavava as mãos repetidas vezes para não transferir a sujeira de uma peça a outra, o que passou a ser um gesto praticamente supersticioso. Ganhou alguma confiança quando terminou com as fotos. Então passou à pilha de papéis, muitos mantidos em blocos com um grampo. Havia vários recibos bancários, depósitos que ele havia feito sistematicamente para ela durante anos. Havia bilhetes circunstanciais, de compreensão já impossível. E havia o símbolo maior de sua torpeza: os textos que tinha escrito e dedicado a Maria, embalados em plásticos, alguns pretensiosamente encadernados. Ele próprio tinha providenciado estas medidas de conservação daquele material (poesias, contos, uma novela) antes de entregar como um presente especial. Tinha se degradado para escrever aquilo para ela, para essa exclusiva e única leitora (embora desconfiasse que alguns dos textos ela nem sequer lera). Tinha violado a determinação que tomara desde muito cedo, desde quando demonstrou que tinha a habilidade de escrever e fora celebrado por isso: a decisão de não escrever. Na verdade, a decisão de abandonar um tipo de linguagem arruinada. Não escrever e se dedicar à penosa elaboração do silêncio. Interromper a cacofonia, o acúmulo de ruídos que já se confundiam com a transcrição dos ruídos de animais. Do silêncio, ou viria a escrita que equivalia à música que dissolve autor e ouvinte, ou não viria nada. No entanto, tinha escrito estórias para Maria, tinha se animalizado da mesma forma execrável de tudo que se propusera a abandonar. Tinha violado e banalizado seu talento para ceder a uma forma barata de sedução, porque era essa a função que atribuíra a cada texto: aquilo tudo era uma maneira de se exibir a Maria. Era algo que escrevera para ela na esperança de que pudesse colocar no seu próprio lugar, algo melhor do que ele, uma criação cujo mérito revertesse a seu favor. Recorrera àquele expediente mesquinho porque sempre se sentira obrigado a fornecer alguma forma de compensação pela presença dela.

Era surpreendente que nenhum daqueles textos tivesse se perdido, o que nada tinha a ver com qualquer valor amoroso atribuído por Maria. O mais provável é que ela os tivesse preservado como um trunfo. Eles tinham sobrevivido como peças acusatórias. Deteve-se na leitura de cada um com um misto de vergonha e admiração. Ele tinha sido bom no exercício desprezível. Produzira aquele material tão correto, desonrosamente elogiável, que o constrangia e o enchia de ódio de Maria. Ali, recolhendo os textos, pensou que seu esforço só produzira a infâmia, tinha sido inútil porque Maria devia ter desprezado aquilo tanto quanto o desprezava. A existência intacta destas páginas apenas comprovava seu erro, elas nunca deveriam ter sido escritas. Provavelmente retificaria essa falha agora, destruindo tudo. Ia, sim, destruir tudo, decisão que no entanto não o impedia de continuar a reembalar cada um dos textos que escrevera a Maria. Procurava assimilar a ironia de ter escrito para ela, não sobre ela. Já não sabia se era um exercício ainda mais infeliz do que o de ter cedido à tentação de usar Derive para incluir Maria numa obra, fazê-la objeto da escrita. Mas não era: compor a obra de Derive tinha sido a tentativa de interromper o silêncio para dar lugar à música. O resultado foi produzir apenas uma estridência que o levava a duvidar da própria possibilidade da música.

Largou os textos no chão, com um certo asco de si mesmo. Vasculhou com os pés a pilha de papéis que restavam, tentativa de restituir tudo à vulgaridade que sempre tivera quando Maria estava viva. Sentou no chão com raiva controlada e continuou o exame do material, já sem nenhuma deferência pelas coisas dela. Foi quando achou o postal de Florença. O cartão enviado por Maria que, no verso, trazia escrito "*Te amo*". Foi uma surpresa: não lembrava daquele postal. Checou o carimbo do correio: fora, sim, enviado de Florença (a data era ilegível, mas, que ele soubesse, a única vez que ela esteve em Florença foi naquela viagem com o marido que sucedera o encontro deles dois, quase quinze anos antes). Seu endereço estava correto, e podia reconhecer a letra dela. "*Espere por mim. Volto em poucas semanas. Saudades. Te amo.*" Aquilo era impossível, Maria jamais escreveu aquilo porque jamais escreveria aquilo. Jamais diria, jamais pensaria. Jamais disse, jamais pensou. Cheirou o postal, virou o postal, largou, pegou novamente, e a irrealidade não se abatia. O cartão foi encontrado entre outras coisas escritas por ela que sabia ter guardado e que apresentavam o desgaste de freqüente manipulação. "*Fique longe de mim.*" Esta era a quinta e última frase de um bilhete dela escrito três anos antes de morrer. Sabia de cor. "*Você é a decadência*", lia-se na carta que ela escreveu dez anos depois do primeiro encontro, início das duas páginas decoradas e recitadas desde então, como se a repetição desgastasse o texto a ponto de mudar seu sentido. Da mesma forma que repetia a página única, escrita depois de uma traição nunca explicitada, em que ela assertava: "*Sou fiel a meus sentimentos*", e a complacência com a própria sordidez era reiterada em todas as outras frases, compostas por Maria sem improviso, com uma cadência infantil que facilitava a memorização. Conferiu cada uma das peças que ela tinha escrito e ele conservado (e acreditava ter conservado todas) sem nenhuma hesitação quanto ao conteúdo, preciso na recordação de toda palavra, de sua posição na frase, da tinta usada, da textura do papel, da circunstância e do sofrimento das primeiras leituras, das releituras, da escrita gravada em sua mente como um instinto, inalterável. Mas o "*Te amo*" do postal não tinha registro na memória.

Tinha encontrado algo muito maior do que podia imaginar: o indício de que toda a sua história com Maria era falsa, existia como mero simulacro. Ainda tinha de enfrentar o perigo de encontrar novas peças com tal poder destrutivo, evidências de uma outra realidade que podiam surgir de qualquer lugar. A casa com seus móveis, objetos, papéis, roupas, livros, tudo que continha, aquele acervo que levou anos para ser formado, tinha adquirido uma conotação diabólica. Era como se, por um poder de desinibição do mal, tivesse sido despertado um outro caráter em cada coisa, um processo parecido ao que faz com que inofensivos indivíduos se permitam atos sanguinários. Tinha medo do que mais pudesse ser ali produzido para destruí-lo. Tentou se apegar a uma memória concreta, tentou sentir Maria, lembrar de sua carne sob sua mão, de seu branco corpo mole, de seu cheiro ruim, tentou lembranças físicas, mas permanecia único e só. Era como se aquilo não tivesse mesmo feito história, tivesse se esgotado na carne e nada deixado nela. Por mais que se esforçasse em evocar, não sentia o corpo dela no seu, nem seu corpo sem ela. Esfregou pernas, braços e peito com as duas mãos até se machucar. Teve um conforto momentâneo. As áreas esfoladas ardiam: era uma sensação adequada. Talvez fosse indício da restituição de alguma normalidade. Pegou o postal novamente. Ele existia, sim. Tinha sido enviado. Tinha sido esquecido. Não havia memória dele. E ele não possuía nada de Maria além da memória. Pensou que essa memória era a mesma matéria que servira de fonte de sua composição do amor: a história dele com Maria se fundava naquele solo movediço, de onde ele tinha derivado um tipo especial de relato. Era provável que a realidade tivesse uma correspondência quase marginal com o resultado, aquela invenção cheia de um rigor construtivo que aspirava à verdade e que era tão convincente. Seu amor era uma associação artificial. O desprezo do postal comprovava que ele havia feito uma intervenção na matéria amorfa do passado, eleito os pedaços que formariam o todo, esquecido o que não foi considerado pertinente para narrar a história deles. Era uma seleção cruel que se impusera e, ele agora descobria, era a ficção que tomara o lugar de um enredo melhor. Inútil recorrer a seu usual exercício de fatigar a memória para recompor sua vivência: seria outra falsidade. Ele era o autor de uma Maria que perdia o fundamento, e agora uma figura espectral o confrontava.

Poderia ter sido outra história, embora houvesse pouco a ser contado: Maria era a mulher que usava um anel grande demais, e Maria era a mulher que uma vez tinha escrito que o amava. Se ele tivesse lembrado, teria sido outra coisa. Mas ele esquecera. A dor chegou finalmente. Talvez ainda não fosse a dor da morte dela. Talvez fosse apenas a lamentação de sua própria ignorância e esquecimento. As conseqüências nem sequer podiam gerar qualquer valor para alguém, consumiam-se nele. Todo sofrimento é absoluto. Era uma solidão silenciosa que já não podia aspirar à música. Então, na madrugada, ouviu o zunido do transformador de energia que ficava num poste em frente ao seu prédio. Fazia um barulho ininterrupto e sem variações, que quando se mudou para aquele apartamento não o deixava dormir. Depois de um tempo, não o ouvia mais. Era como se fosse silêncio. De vez em quando percebia que o ruído estava lá porque seu vizinho se queixava. Maria chegou a dizer que se ele matasse o vizinho teria o silêncio absoluto. Agora o falso silêncio tinha terminado, e o ruído com que se acostumara até a surdez se reinstalava como se indicasse a capacidade regenerativa da perturbação. Mesmo sem o alerta de seu vizinho ouvia o barulho contínuo, incontornável como Maria.

Ela tinha escrito o postal, ela o tinha elegido seu guardião na agonia do após a morte. Ele não a identificara em nenhum momento. Maria era uma desconhecida que ele não conseguiu distinguir viva ou morta. Não havia nada a ser lembrado. Então, aterrorizado, pensou que talvez Derive tivesse, sim, realizado a obra digna de seu tempo. Pensou que o espetáculo do Hetaira não era apenas a desordem, era a desordem necessária de personagens sem nada para lembrar. Lá não se fazia história, não havia transformação, nada se transmitia. Ao desejo exacerbado e saciado seguia-se o que havia além do desejo, a morte guardada por Nehebkau. Derive apenas transcreveu aqueles modelos de mortos, que já estavam naquela agonia que era um simulacro de vida, como Maria, e inventariou a cultura que podiam produzir. Derive sabia que era possível distorcer a memória com golpes de incrível eficiência, mas quase imperceptíveis à superfície. Olhou seu manuscrito, aquela falsidade voluntária interditada. E, ao lado, os cadernos de Derive, a memória possível que restava de tantos livros e tantos mortos. Derive, como ele, tinha um projeto de extinção. Mas, maior que o dele, Derive tinha um projeto *piedoso* de extinção, como o dos que castram cachorros.

*

Sentiu frio quando sentou no parapeito da janela. A vermelhidão das áreas friccionadas no corpo parecia se referir a um calor abstrato. Ficou olhando a rua já rarefeita, carros estacionados, um jornal abandonado esvoaçando num banco do ponto de ônibus. Pôs o dedo inflamado na pele esfolada da coxa, como se uma dor pudesse ser o antídoto da outra. Havia luzes em algumas janelas nos prédios do outro lado da rua, mas ninguém à vista, espaços iluminados e desabitados que sugeriam uma presença que nunca se mostrava. Pareciam iscas, armadilhas que o fizessem acreditar na vida e o desviassem de todo o negrume em torno, onde imperava a quietude e nenhuma esperança de que algo pudesse se mover. Então pensou que Maria poderia ser imaginada ali, atrás de qualquer daqueles pontos negros que ele via defronte. Acreditou que era assim, o que gerou um grande alívio que o aquietou. Era um reencontro, como se a tivesse resgatado num espaço mais definido, num estado confiável que nada poderia alterar. Mais que isso, sentiu que cumpria uma expectativa dela, que finalmente a satisfazia. Velava por ela nas trevas. Cumpria o que era anunciado nos cadernos de Derive, nos cadernos enviados para ele, trazidos para Nehebkau. Talvez Maria e Derive o tivessem identificado, aproveitado de circunstâncias que tornavam mais nítida a divisão entre os mortos e os que vivem para os mortos. Imaginou se naquele momento o marido de Maria estaria fixando a escuridão, o anel em seu dedo, o olhar doentio ocupado com a sombra absoluta. Imaginou se aquela atividade afinal os unia e os revelava iguais. E uma aversão incontrolável instaurou uma agitação dolorosa. Ele não queria partilhar aquilo com o outro. O ser que guardava os mortos era a serpente de duas cabeças, e uma delas deveria prevalecer.

A perturbação — que se antes era devida a uma desordem que alterava os sentidos — agora resultava da recusa a uma ordem que impunha sua lógica. Porque não havia como contestar nada. Pensou que vivia no tempo em que o presente imediato e as deformações do passado apresentadas por

Derive eram a melhor representação da impossibilidade de outra coisa que não fosse a simulação de vida. Pensou na legião de mortos transcrita por Derive, e em Nehebkau, o guardião de todos eles, o que alimentava os que tinham esgotado tudo que era possível. Pensou que aquele enorme e disforme conjunto era, no entanto, imprescindível, porque só o revirando contínua e esterilmente ainda se mantinha o espírito ocupado. Pensou se Maria o tinha escolhido para velar eternamente por sua agonia. Pensou se Maria tinha sinceramente escrito que o amava. Pensou se era possível extrair algum conforto naquilo tudo. Pensou que já não era possível pensar mais nada.

*

Rasgou o postal. Rasgou todo o resto sem examinar mais nada: fotos, cartas, bilhetes, seus manuscritos, tudo. Ensacou os pedaços, desceu para a rua e esperou até ver o caminhão de lixo triturar aquilo junto com um lixo orgânico fedorento. Eram restos que ele fazia reencontrar sua matéria original. Dois dias depois, uma equipe de mudança embarcou os caixotes com seus objetos e as roupas antigas, que foram despejados no depósito de uma igreja, doação que era uma velada heresia. Empacotou os cadernos de Derive e os endereçou, sem remetente, ao marido de Maria. Enviou os cadernos a Nehebkau, como a mãe de Derive entregara os cadernos a Nehebkau. Com os cadernos o marido completaria sua biblioteca, o livro com a memória de todos os outros. Quem sabe, como pretendia Derive, dali se alastrasse a epidemia. Mais uma vez, de novo graças a Maria, perturbaria aquela casa. A casa onde morava o homem que não morria e que louvava a companhia da morte.

Foi sem temor que depois caminhou seguidamente por todo o apartamento, que parecia maior sem tudo aquilo. Ouvia o ritmo regular de seus próprios passos como a reiterada evidência de que era impossível a dissolução. Ele persistia, e tinha de lidar com essa sua existência presente e irrevogável.

Na manhã seguinte vestia uma das suas duas únicas mudas de roupa, compradas na véspera, quando sentou na escrivaninha diante de uma folha em branco. Sentia-se limpo.

*

Este livro foi composto na tipologia Electra LH Regular,
em corpo 11/16, e impresso em papel off-white 90g/m²
no Sistema Cameron da Divisão Gráfica
da Distribuidora Record.